四方图志·心安一隅

杨娟 著

苏州新闻出版集团
古吴轩出版社

图书在版编目（CIP）数据

青出与蓝 / 杨娟著. -- 苏州：古吴轩出版社，2023.10
ISBN 978-7-5546-2210-0

Ⅰ.①青… Ⅱ.①杨… Ⅲ.①长篇小说—中国—当代 Ⅳ.①I247.5

中国国家版本馆CIP数据核字（2023）第185398号

责任编辑：顾　熙
见习编辑：张　君
策　　划：陆　忱　钱袁亮
装帧设计：红方块绘本工作室

书　　名：青出与蓝
著　　者：杨　娟
出版发行：苏州新闻出版集团
　　　　　古吴轩出版社
　　　　　地址：苏州市八达街118号苏州新闻大厦30F
　　　　　电话：0512-65233679　　邮编：215123
出 版 人：王乐飞
印　　刷：无锡市证券印刷有限公司
开　　本：880mm×1240mm　1/32
印　　张：6
字　　数：99千字
版　　次：2023年10月第1版
印　　次：2023年10月第1次印刷
书　　号：ISBN 978-7-5546-2210-0
定　　价：32.00元

如有印装质量问题，请与印刷厂联系：0512-87662766

青出

他是一名小学二年级的学生,个子小小的,细胳膊细腿,皮肤很白,眉头常常皱着,爱好画画、设计和发明。他是与蓝的人类朋友,喜欢独来独往,最大的梦想就是和与蓝住在一起,自由自在地做实验。他不喜欢被约束,想要自由。噪声、不合适的衣服等都会让他如坐针毡。在课堂上,他很难遵守规则,常常有自己的想法和见解。在不同的活动间转换时,他常常感觉到困难;当画画或者做设计时,他会非常投入。

与蓝

他是青出的幻想朋友,是一只英俊潇洒的小老鼠,有一对很独特的尖尖的精灵耳。他在著名的蓝田学院读书,整天埋头于实验室,发明出很多有趣的东西,因此深受同学们的喜欢,是蓝田学院的"名人"。来到现实世界的他,只有指甲盖大小,常常躲在青出的口袋里或者篮子里。他性格乐观开朗,善于倾听,常常逗青出发笑。有了他的陪伴,青出变得开朗多了。

目 录

开始的开始　001

戛然而止　009

我是青出,别烦我!　019

你好,与蓝!　027

秘密行动　039

你没有问题,你只是遇到了问题　047

别动我的篮子!　059

吴法吴天　065

地狱之门　073

蓝田上君　083

扬帆起航　093

幻海海盗　119

长鹰梦者　135

往昔岛　153

归来　163

许久不见　171

尾声　179

contents

开始的开始

许多年后，已经成为幻海梦者的与蓝，在回忆这一幕的时候，仍然觉得激动不已。他知道有一个故事在等待着他，但他全然不知道他会被带往哪里。

他趴在泥土上，微弱的光线穿过叶隙射进来，正好照在他粉红色的尖耳朵上，这让它们看起来就像两片大大的红叶。经过一番海上航行后，此刻，他只想在黑暗里安静地待一会儿。

"青出！"他在心里反复念叨着这个名字，就像一个读者反复摩挲着自己心爱的书，反复吟哦书封面上的作者的名字，心里勾画出作者的样貌。一阵银铃般的笑声传来。与蓝沿着地道，向前走了一段路，来到了洞口。他走出洞口，仿佛一下子游到了碧蓝的海水里，周身都是浓浓淡淡的蓝。

"我们来玩'蓝'字飞花令。"不远处，一个头戴红色蝴蝶结的女孩正对着一个胖乎乎的女孩说道，"'沧海月明珠有泪，蓝田日暖玉生烟。'你接下一句。"

那个女孩有着翡翠海豚一般的音色啊！与蓝恍惚间忆起在幻海骑着翡翠海豚追逐太阳的岁月。

"风回一镜揉蓝浅，雨过千峰泼黛浓。"胖乎乎的女孩脆声应道，她有着一双很干净的眼睛，让与蓝忆起幻海的远山，"接招！"

"青出于蓝……"

与蓝似乎听到头戴红色蝴蝶结的女孩叫他,赶忙大声应道:"哎!"

她们这才看到与蓝。头戴红色蝴蝶结的女孩莞尔一笑:"与蓝!过来一起玩。"

与蓝在脑海里使劲地回忆,可是有关幻海的所有记忆里,都没有她的身影。他迟疑地问:"你认识我?"

"我是豆儿啊!"她拉起与蓝的手叫道,"你是不是生病了?"说着,她就要伸手摸与蓝的额头。与蓝下意识地后退了两步。

"对了,你爸爸找你,说你收到一封信。"胖乎乎的女孩说。

"我还有爸爸?"与蓝觉得越来越有意思了。

青出会给我安排什么样的爸爸妈妈呢?与蓝暗想。

"芦苇,与蓝今天是怎么了?"豆儿拉起胖乎乎的女孩的手,一起担心地看着与蓝。

"他肯定是故意捉弄我们的。天色不早了,我们回家吧。"芦苇拉起与蓝,他们三个手牵着手,向着夕阳走去。白色的长脚水鸟慢悠悠地飞过向晚的天空。蓝田是一个依山傍水的镇子,房子都依山而建,颜色是各样的蓝:亮蓝、天蓝、淡蓝、冷蓝、绿松石蓝、海蓝……房子层层叠叠倒映在水田里，浓浓淡淡的，好似天幕一般。

他们三个走到一处开满了蔷薇花的院子，豆儿和芦苇向与蓝挥手告别。与蓝在栅栏处站了许久，踌躇着该怎么进去。这时，一只围着靛蓝色围裙的老鼠端着饭碗走了出来，又把碗摆到了院子里的石板上，抬头便望见了与蓝。

"与蓝，你去哪儿玩了？"

与蓝支吾着，打开栅栏，迟疑地走了进去。

这就是爸爸吧？妈妈长什么样子呢？与蓝暗忖着，坐在了石板旁的石凳上。不多时，一只踩着靛蓝布鞋，身穿天蓝色长裙的老鼠婷婷而来。与蓝注意到，她的耳朵比一般老鼠的耳朵要尖、要长，应该不是蓝田土生土长的居民。他自己的长耳朵大约也源于此吧。

她坐到与蓝旁边，给与蓝盛了一碗汤，递过来："有你一封信，吃完饭再看吧。"餐桌上，一家三口有说有笑，气氛融洽，仿佛这一家子已经在一起生活了许久。谈话间，与蓝已经弄清楚了，他的爸爸是蓝田的镇长，妈妈是风族的精灵鼠。

饭毕，妈妈拿出信，信封是海蓝色的，还能看到海浪在阳光下翻涌，依稀能听得见海涛之音。一只白色的帆船满鼓着帆驶来，帆上写着：

与蓝亲启

与蓝打开信封,两只海鸟从信封间扑簌飞出,衔起信轴,紫蓝色的信纸如紫藤花束般垂落,文字似蝴蝶掀翅,晶莹闪烁。

亲爱的与蓝:

我们看到了你身上潜藏的力量。你热爱知识,喜欢求索,还喜欢设计和发明。蓝田学院向你敞开怀抱,期待着你的到来。在这里,你将畅游在知识的海洋里;在这里,你会遇到来自各地的同伴,你们将相携相伴,相互砥砺,一起向着未来进发。

蓝田学院

读信时,与蓝止不住好奇与激动。蓝田学院到底是一所怎样的学校呢?在那里,他会有什么样的生活呢?他会交到什么样的朋友呢?

"与蓝,这可是蓝田最闪耀的地方。"爸爸激动地叫起来,"你真是爸爸妈妈的骄傲。"

爸爸正要拥抱与蓝,信封里又飞出两只海鸟,衔出一封红色的信。

"原来信还没读完呢。"妈妈笑着说。

与蓝需要准备的物品如下:
蓝田学院校服一套;
水杯一个;
好奇而开放的心一颗。

"我的脑海里已经浮现出与蓝穿上蓝田学院的校服的样子了。"妈妈仍在笑着。

与蓝家长需要准备的:
每天默读蓝田学院的校训;
一颗信任孩子的心;
每天有专心陪伴孩子的时间;
每天一个睡前故事;
一双倾听孩子心声的耳朵。

"为什么家长要准备的东西更多?"爸爸笑道,"好像是我们要上学一样。"

"其实也不多,就是要我们和孩子一起成长。你呀,以后上班的日子要早点回家,多陪陪孩子。"妈妈趁机说道。

"遵命,老婆大人。"

这天晚上,与蓝一家聊到了蓝田学院的各种事情,睡得很晚。爸爸妈妈入梦了,与蓝还在爸爸的鼾声中一遍一遍描绘着上学后的图景。

戛然而止

这不是与蓝梦中的学校，但比梦中的更好。学校坐落在蓝田最秀丽的玉溪旁，白墙黑瓦，马头墙在蓝天里勾勒出简洁的线条。最好玩的是，这里没有隔开的教室，也没有固定的班级；所有的区域都是敞开的，你可以随意走到任何一个区域上课，每天上课就像去吃自助餐，想上什么课就上什么课。

豆儿和芦苇也被蓝田学院录取了。学生和老师都来自五湖四海。赤日来自金族，浑身赤金色，看起来像太阳一样耀眼。风兮来自最南面的火族，他每天都泡在一个装有轮子的热水杯里，见到同伴就说："请快给我倒点热水，冻死我了！快！快！快！"如果处于常温下，他很快就会没命。个头很大的阿柿来自土族，土族尤擅钻地道，还有别的族没有的本领——会气功，能屈能伸，能把自己挤成一条"老鼠干"，也能把自己鼓成一个大圆球。

学校还有一个超大的图书馆。与蓝常常钻进图书馆，不停地读啊读啊，写啊写啊。在书本里，他看到了一个更广阔的世界。

清风老师是与蓝最喜欢的老师，教设计发明课。清风老师教给与蓝很多制作发明的原理。他还有一个实验室，里面是各种各样的设备，允许与蓝随意使用。

与蓝一头扎进了实验室。他发明了很多东西，有些一问世，就在蓝田迅速流行起来。比如超级作业机，只要把作业单放进去，机器里就会伸出十支机械笔，"唰唰唰"，只要十秒钟，就能把作业做完。这款作业机，据说连人类都从蓝田订购呢，价格为十条巫山烤鱼外加一盒巧克力。畅销的还有写作机，只需要输入作文题目和要求，不到半分钟时间，它就能写出一篇字句通顺、条理清晰的作文。

　　与蓝还帮学校里的每个学生都量身定制了一样发明。比如给豆儿的是游泳衣，穿上它，豆儿想在水里游多久就游多久。给风兮的是一个恒温杯，杯子不断从外界吸收能量，能保持恒定的高温，风兮再也不用担心随时可能出现的生命危险了。这款恒温杯，使风兮在夏天很受欢迎，因为他到哪里，哪里就很凉快。阿柿对与蓝送给自己的礼物更是喜欢得不得了，连吃饭睡觉都带着。那是什么礼物呢？以后再告诉你。

　　与蓝沉迷于发明，常常忘记吃饭、睡觉，身子变得轻飘飘的。他可不是因为骄傲变得轻飘飘的，而是真的轻飘飘了。他走路都脚不沾地，仿佛在云端漫步。有一天，与蓝晕倒了。

　　于是，清风老师给与蓝安排了作息时间。

7∶00—8∶30　　　早锻炼

8∶30—9∶30　　　吃早餐

9∶30—11∶30　　发明

11∶30—12∶30　　吃一碗热气腾腾的面

12∶30—13∶30　　室外玩耍

13∶30—14∶30　　下午茶

14∶30—17∶00　　学习或发明

……

与蓝非常不喜欢这种时间规划。那么多"黄金时间"都要浪费在早锻炼、吃饭上，多么可惜！要知道，与蓝的脑子在早上是转得最快的，很多新鲜的想法都一起涌来。可现在他却要做机械的运动，真无聊！

更令与蓝无法忍受的是，现在每个同学都变成了自己的体育教练，每天都要陪自己练习——说是陪同，用脚趾想想都知道，他们是来监督自己的！这些同学想出的锻炼活动真是让与蓝大跌眼镜。

但是与蓝喜欢和豆儿在一起锻炼。豆儿美丽温柔，总是很耐心地教与蓝游泳。与蓝力气不大，刚开始只能游几秒钟。"你的动作真完美！"每次豆儿都这么鼓励他。和阿柿在一起时，与蓝也非常放松。阿柿教与蓝如何控制自己的呼吸，可与蓝的肚子几乎要撑破了，也鼓不成阿柿的那样。累了，他就躺在阿柿圆圆的肚子上。晴日的午后，阿柿变成了一个皮筏子，与蓝就躺在上面，在湖里荡啊荡啊。微风轻轻地吹着，水面上洒满了金光。

与蓝畅游在新生活里。最近的变化总是太快，只有在梦里，与蓝才能依稀听见幻海远远近近的海浪声。独处的时候，他也会唱些《梦者行谊》中的古歌。一旦卷入新生活，过去的生活便如潮汐般退去。

转眼间，与蓝在蓝田学院已经两年了。与蓝最期待的冬日集市要来了。与蓝推着推车，脚步轻快，推车上放着他最新的发明。

快到校门口时，他遇见了豆儿，豆儿头上还是戴着一个耀眼的红色蝴蝶结。一见到与蓝，豆儿脸上便漾起枫糖浆般甜美的笑容。

突然，吴法闪了过来。这是一只身形巨大的老鼠，高山一样地立在豆儿的面前。他是蓝田镇臭名昭著的恶霸。

"丫头，你竟然放我的鸽子？"

"我根本就没有答应和你一起出去玩。"

"可是你都收了我的纸条。"说着，吴法就要过来拉豆儿。与蓝赶忙挡在豆儿面前。

"你这小子,见了本大爷,还不拿出好东西孝敬一下?"吴法龇牙咧嘴,正当中的尖牙闪着寒光。

"吴法,我最近发明了一样新东西,你一定感兴趣。"

吴法摩擦着爪子,直勾勾地盯着与蓝的推车。与蓝拿出一辆滑板车。吴法一把夺过去,迫不及待地站在上面。

"按这个按钮,就可以前进。接下来,你就会体验飞一般的感觉了!"

"别啰唆!快按!"

与蓝按下按钮。

滑板车一路向前,滑行一段距离后突然腾空而起。吴法的脸都吓灰了(当然了,老鼠的脸本来就是灰的),他与滑板车一同消失在天际,只留下一阵回音:"我还会再回来的!"

豆儿拱手笑道:"谢谢英勇的与蓝大侠!"

"区区小事!"与蓝颔首一笑。

"我可真喜欢你的耳朵!"豆儿笑了,"长长的,尖尖的,像是精灵的耳朵。我敢保证你拥有整个蓝田最独一无二的耳朵!"说完,她大踏步往前走,大声地笑起来。在与蓝听来,她的笑声可以和幻海最美的翡翠海豚

"幻想朋友"征集函

亲爱的小读者：

你是否也有属于自己的幻想朋友？你的幻想朋友是什么样的呢？你和幻想朋友有着怎样精彩好玩的故事？

快快拿起笔，将你的幻想朋友画在征集函背面，写下有关他/她的介绍，参与我们的"幻想朋友"征集活动吧！

将征集函邮寄至指定地址，或扫描发送至指定邮箱，就有机会让你的幻想朋友出现在后续故事中，并收到来自幻想朋友的神秘问候哦！

线上投稿

邮件标题：

"幻想朋友"征集+作者名+联系电话

投稿邮箱：

qianyuanl@foxmail.com

线下投稿

邮寄标题：

"幻想朋友"征集+作者名+联系电话

收件地址：

江苏省苏州市姑苏区平泷路251号城市生活广场A座2201 "方图"编辑部 15510319031

　试想一下，哪怕在我们最平常的生活中，周围都矗立着无数没有想象就根本不可能存在的产物；哪怕是青出手中的那支画笔，也是源自想象才终于出现的伟大发明。

在一起？

——评《青出与蓝》

浙江省杭州市未来科技城海曙小学 汪琼

你永远不知道杨娟下一本书会写什么，她属于不会也不愿重复自己的那类作家。"如果写完一本书，不像读完一所大学，写作又有什么意思呢？"这是她的闲聊之言，也是肺腑之声，让我想到阿兰·博斯凯《首篇诗》中所写："在每个词的深处，我参与了我的诞生。"所以当我打开《青出与蓝》这本幻想小说，惊喜依旧连连，却没有一丝惊诧。而在反复阅读此书的过程中，不知为何，如白云缭绕山间，我心中始终弥漫着一个短语——在一起？

一、成长与困境比邻而居？

在孤独症、抑郁症等心理疾病愈来愈频发且趋向低龄化的时代，关注相关群体的作者与作品还是太少，《青出与蓝》因而弥足珍贵。青出的困境类似于阿斯伯格综合征——感统失调、运动笨拙、极度敏感，他只有在热爱的绘画中才能安顿自己无法安定的心。从消极方面来看，青出只沉浸在自己的世界里，老师和家长很难将他从他的世界里"拔"出来。或许，我们应试着从孩子的视角看待孩子。青出到底有什么感受呢？他单一的兴趣是不是一种天赋呢？那些没有穷尽的幻想对他是不是一种疗愈呢？

　　交往障碍、兴趣爱好局限、活动转换障碍，医学上用这些看似专业而客观的词来定义如青出这样的孩子，却无法给出至关重要的解决方案，也不曾告诉哪怕是提醒我们该如何去看见、懂得、成全身边的这些"不一样"。

　　实际上，对青出这样的孩子，最常用也最见效的体谅、关爱等教育手段，并不足以从根本上解决问题：青出的妈妈会带着他几个小时来回奔波去做感统训练，却只允许他每天有 10 分钟的画画时间；漾老师善于和青出在文字上"智斗"，却也无法准确看出端倪，安抚青出躁动的心灵。或者说，无论小说中的角色还是现实中的养育者、教育者，都很难持有专业的态度去面对青少年所遭遇的各种心灵困境。对此，《青出与蓝》没有回避，这里的大人和孩子一样，也在困惑、挣扎与成长。正如漾老师所说："数学是冷冰冰的理性，而生活是活泼泼的难题。"这种表达让书中的成人更真实，呈现出成人的脆弱与挣扎，也让小读者们对成人世界有了更多元的理解。

　　近些年，教育者面临愈来愈严重的挑战和困境：一方面，孩子患上心理疾病的风险愈来愈大；另一方面，教育者也受困于复杂多样，甚至连专业心理咨询师和治疗师都难以解决的心理康复问题。我们对如此普遍存在、事关国民幸福的核心问题，依旧认知不足,更缺乏有效的综合解决方案。《青出与蓝》的作者极度敏锐,能提出、正视这个问题,同时也注意到,对这个问题的解答并不是一蹴而就的。青出所遭遇的困境在小说起始有交代,而在此书的结尾处,青出获得了画画的时间,这仅仅是他心灵成长之旅中的一个小小里程碑。青出之后还会经历怎样的冒险?也许在接下来的故事中,我们将窥见作者对于这个问题更深切的思考与探索。

二、高山流水还觅知音吗?

青出是不幸的,又是幸运的。与蓝这只小老鼠带给他忠诚的陪伴。蝴蝶扇动翅膀,带来大地的——花开。青出和与蓝的出场设计,颇具巧思,类似于《哈利·波特与魔法石》中,哈利因为一封信而进入霍格沃茨魔法学校,与蓝也因为一封信而进入蓝田学院。但蓝田学院中的故事在与蓝获得最佳创意奖的一刹那戛然而止,在续上青出的故事之后,读者才明白,与蓝是出现在青出绘画本上的一只小老鼠,因为绘画本被漾老师没收,所以与蓝的故事也随之暂停。这种陡然转折,需要作者对文本有极强的控制力;读者因为这强烈的断裂感,更容易对这部结构独特的小说频频回首。

话题再转到青出身上——青出很难跟周围的人交流,他心之所念唯有绘画,全部感情尽付一鼠。只有与蓝在他左右,他才安心；只有照顾与蓝，他才能回到自然的状态。而与蓝呢？他眼中亦无他人，心心念念唯有青出。他们一起扬帆远航前往幻海，在寻找往昔岛途中，与蓝被心成岛的梦者长鹰指定为接班人，但与蓝拒绝了，只为陪伴青出重返人类世界。这实在容易让人想起绘本《卡夫卡变虫记》中类似的场景：卡夫卡变成了一只超级大甲虫，家里居然没有一个人发现。倒是好朋友迈克尔，在校车上一见到他就几乎掉泪，追问："卡夫卡呢？你把他怎么了？我最最要好的朋友哪儿去了？"迈克尔的关心，是卡夫卡重新变回人类小孩的关键所在。

　　爱，是人类永恒的救赎。"只有爱，才是最高的哲学，才是我们活下去的唯一理由。"（何三坡语）可是，为什么杨娟在小说中给主人公设定的朋友，要么是玩偶，要么是自己的幻想之物，而非具体的同龄孩子呢？我想，这是她在小说中已经表达和未曾表达的谜团，想让读者各自追索谜底。或许我们还要问一问：为什么如今的青少年宁愿养着各式各样的宠物，跟同龄人却只是"搭子"关系，很难拥有三两知己呢？高山流水遇知音，难道不一直是人类的理想吗？放逐这样的理想究竟为何？还是说友情在不同的时代有着不同的对象与定义？我们将自己唯一的心放置于谁的手心，也将有无限的可能吗？良好的关系是人生之基，和谁建立良好关系、怎样建立良好关系？杨娟写作这本小说之初，不知是否有这些考量，只是作为读者，难免会有各种思量……好的小说，擅长提问。答案呢？当代和后世的读者自然我手写我心，写在自己的摸索和回望中……

三、如果没有想象呢？

与蓝这个角色的设定，其实比青出更复杂。他不只是青出画笔下的一只小老鼠，还是青出的能量之源，但同时，他又来自幻海——"幻海是人类的幻想之源。幻海的中心是心成岛。心成岛上住着伟大的梦者。心成岛的梦者能编织和指引梦境。只有梦者拥有至高无上的命名的能力。"而"幻想朋友是联系幻海和人的纽带"，"人类朋友需要幻想朋友来陪伴，幻想朋友需要从人类朋友那里吸取新的故事，为幻海带来生机。"《青出与蓝》对幻海想象性的描写，透露着杨娟的浩然之心，因为她深谙幻想浩瀚而未知的力量，对人类而言永不可缺，也就是小说中反复提及的"无中生有，生生不息"。如果没有"无中生有"，人类大概只能永久地停驻于当下，无法动弹——哪怕半步。试想一下，哪怕在我们最平常的生活中，周围都矗立着无数没有想象就根本不可能存在的产物；哪怕是青出手中的那支画笔，也是源自想象才终于出现的伟大发明。

《青出与蓝》关于"幻海"的主题，似乎又隐隐致敬了米切尔·恩德的《永远讲不完的故事》——幻想帝国逐渐被乌有吞噬，天童女皇危在旦夕，阿特雷耀受命去寻找拯救幻想帝国的药方。他跋山涉水、历经磨难终于寻到：由于人类的想象力不断枯竭，因人类的想象而存在的幻想帝国也行将消失，需要一个人类小孩为天童女皇重新命名，才可挽救这个帝国。在对想象力无穷能量的看见与呈现上，在对人类现实生活与幻想世界彼此影响的揭示上，在幻想世界对现实世界的深情召唤上，两本书，异曲同工。正如诗人若埃·布斯凯所说："在一个由梦想产生的世界中，人能成为一切。"

但行文至此，我们万不可忽略，杨娟的教师生涯与人生经历交织在一起，对她写作潜意识的影响。她置身其中，更能洞察教育最重要的职能是对想象力与思维力的呵护与培养。在实用、精确甚至势不可当的分数面前，这亦是深情款款或痛彻心扉的召唤。但是，已深陷"内卷"泥淖的人啊，耳朵里充斥太多声音的人啊，是否能听得见这既古典又现代的召唤呢？

周国平先生曾对《小王子》真挚表白："我甚至要说，它是一个奇迹。世上只有极少数作品，如此精美又如此质朴，如此深刻又如此平易近人，从内容到形式都几近于完美，却不落丝毫斧凿痕迹，宛若一块浑然天成的美玉。"对缓慢而坚定地行走于文学之路的杨娟，总有一天，我会将这句话转赠给她——斩钉截铁地！

的歌声媲美。

学校早已热闹非凡了。庭廊上到处张灯结彩，摊位排列得整整齐齐。他们好不容易挤到各自的摊位前，开始摆摊。与蓝忙了好一阵子，在喘口气的空当发现豆儿的摊位还空着。

"豆儿，你要卖空气不成？"与蓝问。

"表演时间！"豆儿笑道，"在蓝田谁不知我潜水鼠豆儿的大名？只需一元，我就能让他们大饱眼福。"豆儿说这话绝对没有吹嘘，她能一口气在水中游几十里[①]，甚至能潜在水底数小时之久。

"表演有什么好看的，又不能吃！"阿柿把"样样好吃，好柿花生"的招牌挂在摊位前。他的摊位上摆满了各种各样的食物：几笼热气腾腾的小笼包、一堆红红的柿子、一盘水煮花生……

"与蓝，你车里装的是什么呀？"阿柿话音未落，就从自己摊位上拿起两个包子，一个塞进嘴巴里，一个递给与蓝，"这是我妈蒸的，味道好得不得了！"唉，阿柿整天离不开吃，他的肚子每天都是鼓鼓的。

十点半，集市开始啦！每个摊位前都围了很多老

---

① 1里等于500米。

鼠。与蓝的摊位前更是被围得水泄不通，他的各项发明——作业批改机、自动定位足球、精准定位挠痒痒T恤衫等，很快被抢光了。

中午时分，到了本届集市最隆重的颁奖环节。清风老师高声宣布："本届最佳创意奖将授予这样一只老鼠，他为发明而生，他让我们知道了热爱的力量——与蓝，恭喜你！"

大家沸腾起来，大声高呼着"与蓝"。与蓝在呼声中走上领奖台。

突然，一股睡意袭来。清风老师递过来的奖杯定在了半空中，与蓝的手也定在了半空。阿柿嘴巴张着，一只拿着包子正往嘴里送的手也定住了。

整个蓝田好像变成了雕塑，与蓝也不例外。时间仿佛在这一刻戛然而止。

与蓝一点一点地挪动着，仿佛瞬间苍老，变得步履蹒跚。

与蓝突然明白了什么。青出，必须找到青出！对酷爱发明的与蓝来说，现实和理想的差距可以靠发明来消除，而"启动"蓝田的按钮却只能由青出按下。他振奋精神，试着挪动脚步，可是他动得很慢，腿就像灌了铅一样。

"向前跑,不能停!"与蓝命令自己。

他就这样一直向前,跑出蓝田学院,跑过玉溪,跑过他住的小院……

向前跑!

向前跑!

不要停!

与蓝的眼皮越来越沉,脑袋也越来越沉,最后,脑海里只剩下一个名字在盘旋——青出!

不要停!

不要……睡……

与蓝看到了一片叶子,它就像枯黄色的被窝。与蓝向叶子爬去,叶子完美地覆盖在他身上,软软的。从远处传来了沙沙声,好像是杨树叶子在唱歌。与蓝笑了,睁开了眼睛。有一束光从叶子的破洞里射了进来,正好照在了与蓝身上。

光!

我是青出，别烦我！

漾老师发现桌子上有一封信。信封是用毛边素描纸叠成的，从手撕的边痕来看，应该是匆忙之中折好的。信封封口处黏糊糊的，说不定是用口水封起来的。漾老师皱了皱眉头。

信封上歪歪斜斜地写着斗大的字：

头号机密

一看这字，漾老师就知道是青出写的。青出虽然才来几个星期，但足以让人印象深刻。

作为转学生的青出，出场时就让漾老师大跌眼镜。他没有和任何人打招呼，径直坐到了教室最后排的空座上。

"孩子们，本学期我们班级迎来了一位新成员。让我们用最热烈的掌声欢迎新同学上台为我们做自我介绍！"

同学们的目光如聚光灯一般聚在青出身上。只见青出皱着眉头，从书包里拿出一张皱皱巴巴的纸，走上讲台，不耐烦地说："这是我的自我介绍，写得清清楚楚，你们自己看吧。"

"那老师帮你拿着这张纸，你能不能照着它向我们介绍一下自己？"

青出还没等老师说完，就回到了座位上，低头开始画起来。

"青出，请起立，给大家介绍一下你自己。这样我们才能成为你的朋友。"

"我已经写得清清楚楚了，为什么还要说出来浪费我的时间？"青出头也不抬，还在画着什么。

"我并不觉得让别人了解你是浪费时间。"漾老师看青出并没有抬起头，只好讪讪地说，"我会把自我介绍贴到后面的展示墙上，大家下课可以看看。"

说起青出的自我介绍，只见上面写道：

> 名称：青出
>
> 成分：细胞
>
> 标签：热爱集体、团结同学、尊敬老师。对不起，贴错标签了，这可不是我。我的正确标签——地球上唯一能超越爱迪生的发明家！
>
> 生产日期：2010年8月15日
>
> 保质期：谁知道？这得问死神。
>
> 注意事项：在我思考和画画的时候，别来烦我！
>
> 梦想：我的家就是我的实验室。（家里只有我自己！）

想起这些，漾老师不禁哑然失笑。她打开信封，只见上面歪歪扭扭地写道：

亲爱的老师：

我想告诉你一件事，你一定得给我保密。

之前，我一直效力于冬星人。冬星是离我们几亿光年的一个星球。这个星球上的人体形只有我们的一半，浑身长着绿色的毛，他们从来不做梦。有一天放学后，他们站在我家门口，说要请我吃冰激凌。

我本来不想去的。我爸爸的一本科学杂志上说，不要跟外星人联系。可是他们却说，冬星人都不会做梦，所以他们从来不感到幸福。因此，他们想要我找到伟大的心成岛的梦者——能像蜘蛛结网一样编织梦境的人，然后请这人发明出一台织梦仪，让他们带回自己的星球。我实在没有办法拒绝，因为他们说，整个白雪星系（冬星所在的星系，就像地球属于银河系一样）的未来都指望我了。

可是今天世界安全局的人也找到我，想说服我成为他们的间谍，监视冬星人。我很为难，但他们说了，没有办法，整个银河系的未来都指望我了。他们还跟我说，以后就用莫尔斯电码联系。

我对莫尔斯电码不是很熟悉,所以我只能到学校图书馆去查了。

十分想来上课的学生:青出

又:这是头号机密,请不要向任何人透露。

又及:回信请秘密放回我的篮子里。

学校在教室里为每个孩子准备了一个篮子,可以放当天的作业、书本等。不多久,青出的篮子里就多了师生之间来回的几封信:

亲爱的青出:

我为你感到十分骄傲。没想到我见到的第一个活着的间谍居然是我的学生。

也就是说,你因为去图书馆查莫尔斯电码,所以迟到了两节课?奇怪的是,我们上一节课是在图书馆上的,可是我们并没有看到你。

我想,你的隐身技术也是一流的。

疑惑的老师

亲爱的老师:

莫尔斯电码那么简单,我用一节课已经全部学会了。

所以第二节课我又躲到厕所里,坐在马桶上写了这封信。

你真诚的学生:青出

又:今天的体育课,我可以不去上吗?

又及:你知道的,在操场上,很容易被冬星人的探测波侦察到。

亲爱的青出:

体育课是在"大白"(就是在学校门口蹲着的那个胖乎乎的体育场)上的。据我所知,"大白"是防探测波的。

双面间谍是很辛苦的,所以拥有强健的身体很重要。我的未来都指望你了,要知道我教书这么多年了,第一次遇到当间谍的学生。

有些担心的老师

又:接下来请不要迟到,因为如果你再迟到,我们就不得不报警了,毕竟你在执行一项危险任务。

"蜗牛苍蝇脚无敌讨厌!不喜欢体育课!讨厌上学!"青出小声抱怨着,把这封信揉成了一团,扔到了垃圾桶里。

这个学校还不如上一个学校呢!他虽然挺喜欢漾老师——她不像上一个学校的老师那么凶,可是在这个学校，他没有自由，连一点画画的时间都没有。就连课间，老师们也总是让他出去玩，让眼睛休息一下，不要待在教室里。

就拿今天早上来说吧，青出在校车上突然想到了一个"捕猫陷阱"。那个机器在他脑海里像洗衣机一样转啊转啊，可是他刚拿出纸，校车妈妈就把它没收了。

"在车上不能画画！"

可是在哪儿能画画呢？

"在床上不能画画！"

"在餐桌上不能画画！"

"在玻璃上不能画画！"

"请不要在数学课上画画！"

"请不要在英文课上画画！"

"请不要用铅笔画什么老鼠、机器。把铅笔收起来，我们今天学的是湿水彩！"

好像没有一个地方、一段时间，是可以让他自由画画的。更可恶的是，漾老师昨天把他的画册收走了，放到了她的抽屉里。

"蜗牛苍蝇脚无敌讨厌！"青出又小声嘟囔了一句。

"青出！不要发呆，把数学试卷拿出来！"

青出不情愿地用了三分钟拿出数学试卷。

你好，与蓝！

与蓝被关在抽屉里，已经半天了。有一次，抽屉被打开了。幸好他躲在纸页间，没有被发现。不久抽屉又合上了，只留下一条缝隙。与蓝深深地吸了一口气，开始探索这个黑黑的密闭格子。格子里虽然幽暗，但对一只老鼠来说，光线已经足够了。他看到厚厚的一叠纸，被订书机歪歪扭扭地订成了一本画册。画册的封面上赫然贴着一片枯黄的树叶，旁边画着一只老鼠。这只老鼠小小的，尖尖的耳朵格外显眼，嘴角有一撮白毛，看起来很熟悉。与蓝再细细一看，呀，这不就是他自己吗？

　　与蓝颇有兴致地往后翻。他瞥见了蓝田学院，还看到了戴着蝴蝶结的豆儿。再往下，是阿柿在教他练气功。与蓝情不自禁地笑了，心想：就像看一个故事，最后发现自己就是故事的主角。

　　还有冬日集市。在最后一页，清风老师递过来的奖杯悬在空中，与蓝的手也停在了半空。

　　怪不得一切都停止了呢。与蓝恍然大悟。我们被关在这个格子里了……那青出呢？他会不会被关在另一个格子里，所以故事停止了？不行，我得去救他！

　　不好，有人来了。与蓝赶紧躲起来。

　　抽屉被打开了一条缝。与蓝从缝隙向外张望，发现了一双细长的眼睛，像是蓝田蜿蜒的小河。

抽屉被完全打开了，出现了一张他梦见过但从未这么近距离注视过的脸。这张脸对只有一厘米高的与蓝来说，宛如每天置身其中的蓝田，有种天然的熟悉感，又因为跳出来看，而生出一种新奇感与陌生感。

是青出吧？

细细的眼睛，野草似的杂乱的眉毛，眉头一直皱着，像是一个怎么都推不平的小土堆。与蓝的心颤抖着，想起了第一次见到青出的情形。那是在一张如巨型蜘蛛网般的梦网中，他和其他幻想朋友在晶莹剔透的网上不停地走着，希望能在下一个路口遇到自己的人类朋友。各种各样的人走过，有的压根儿没有看见他，有的目光掠过他后转向别人，有的朝他打了声招呼就直接走了。

梦网宛如一个巨大的迷宫，人来人往。与蓝却觉得像是置身于无边的旷野中，风从四面吹来，他宽大的衣服空空荡荡的。而这时，一个瘦瘦的人沿着闪闪发光的网线向他走来。这人不笑，眉头蹙着，眼睛深深地望着与蓝。与蓝的心快要跃出来了，迎着那人的目光，向他走去。

"我是青出。"他伸出手，紧蹙的眉头有了笑意，"我喜欢发明。"

"我是与蓝。"与蓝也伸出手,"我也喜欢发明。"

"青出于蓝而胜于蓝。"旁边路过的一个很高的男孩说。

"我可不想'胜于蓝',我只要和与蓝在一起。"青出说。

"一起做喜欢的事情,一起发明,一起创造。"与蓝紧紧地握住了青出的手。他们一起手拉手,走出了梦网。

是青出!

此刻,与蓝大脑一片空白,他想张嘴说些什么,但又不知道说些什么。很多年后,与蓝在幻海织梦仪上为很多孩子编织梦境的时候,他还能清晰地回忆起这个瞬间。

看到与蓝的一瞬间,青出紧皱着的眉头舒展开了,眼里闪着喜悦的光。

他们几乎同时叫出了对方的名字:

"青出——"

"与蓝——"

又几乎同时说道:

"我在找你!"

"我在找你!"

青出伸出手，与蓝爬到他的手上。然后青出把与蓝装到了上衣口袋里。

与蓝悄悄探出头，眼前有很多小孩子，男孩、女孩都有。一个梳着长辫子、架着金丝边眼镜的女老师正在讲题目。

"卢苇苇，别打瞌睡！"

"柿子，专心听讲，这道题目太重要了！"

柿子？怎么听起来这么熟悉？

"哦，重要，怎么重要？能吃吗？能喝吗？能玩吗？"

"不能！不能！不能！"女老师的声音中透出一丝无奈。

"那怎么能说重要？"柿子是一个胖胖的男孩，他的肚子就像一个随时可能爆炸的气球。他头也不抬，继续看他的《揭秘老鼠》了。青出突然站起来，跑到柿子的跟前，讨好似的说："这本书能不能借我看一看？"柿子把青出一推，眼都没抬一下。

女老师叹了口气，继续讲题："同学们，请注意，四分之一表示把整体平均分成四份，取其中的一份。"

"那一只燕子的四分之一是多少？"刚回到位置上的青出叫道。

"就是把燕子平均分成四份，取其中的一份！"女老师斩钉截铁地说。

青出突然用铅笔敲着桌子唱道:

老师,我有一个问题——
燕子的四分之一,
是它的尾巴,
还是它的屁股?
是它的左腿,
还是它的右腿?
我们再说说平均分,
怎么才能平均分?
这边的毛多一点儿?
那边的眼睛大一点儿?
……

"停!你再这样,我就要给你妈妈打电话了!"
青出不为所动,继续唱道:

是先把毛拔掉,
再——

"如果你不住嘴,我就要把你送到许久老师那儿!"

青出马上闭嘴,作乖乖状。与蓝笑了,这个青出有点儿意思,不愧是他选中的。

终于下课了。女老师无奈地叹了口气,气呼呼地走了。

"青出,出来排队吧!"漾老师蹲下身子,"我坐在后面听你们上数学课,觉得你的想法很有趣。不过,你这样对涂老师是不礼貌的。还有,不要在数学课本上画燕子。大家都在等你。要不,再画五秒钟就出来吧!"

青出没有说话。他好像沉浸在另一个世界里,外面的吵嚷声似乎与他无关。

"这跟我在做发明时的状态一样啊!"与蓝想。

漾老师在无声地数着数,当最后一根手指落下的时候,她又说:"青出,你不能总是画画,也需要晒晒太阳。今天的太阳好得出奇。"

青出恋恋不舍地把笔放下:"漾老师,我可以把这块蝴蝶酥带出去吃吗?"

漾老师点点头:"你平时不是看到蝴蝶酥就一下子吃光了吗?"

"我想在阳光下享用。"青出用纸巾包好蝴蝶酥。

青出把自己的右手递给漾老师,左手小心地拿着蝴蝶酥,小眼睛眯着,好像在想什么事。

青出的个头很小,手也很小。漾老师把他的手握在自己的手里,就像握着一个婴儿的手,感觉软软的,手心热乎乎的,经常有湿热的汗。漾老师想起了数学课上的情景。数学课刚开始时,漾老师出去了一下,回来时,看到办公桌的抽屉被打开了。就在前两天,她没收了青出的画册。漾老师检查了抽屉,发现画册还在。这时,她看到青出悄悄往这边看,便知是青出悄悄打开了抽屉。

当青出唱那首燕子的歌时,她一直想笑。青出究竟长了一个怎样的脑子,才会问出这样的问题?数学是冷冰冰的理性,而生活是活泼泼的难题,就像她手里牵着的这个孩子。

"漾老师,为什么人总不能做自己喜欢的事?"青出忧郁地眯起了眼睛。

"理想和现实的距离,要靠发明来消除。我得发明个机器,让青出得到自由,想干什么就干什么。"与蓝想。

漾老师的脚步突然停住了,她想起了一周前的教学会议。在那个会议上,德育老师许久说,对于青出在课堂上画画和随意走动的事,所有老师都应该态度一致,一起纠正青出的行为,帮助青出养成良好的行为习惯。

也是在那次会议上,她看到了上一所学校给出的关于青出的报告:

该生发育迟缓,无法与其他人正常沟通;缺乏同理心,独来独往,自说自话,经常说谎;无法正常参与课堂活动,经常扰乱课堂秩序。

青出从上一所学校转学到这里。

漾老师坐在灿烂的阳光下,远远地看着青出。阳光暖暖地照着。天是蓝的,草是绿的,云是白的。绿茵茵的操场上满是孩子,三个一群、两个一伙地聚在一起,不时传来嬉闹声。只有青出一个人蹲在林子里。对于青出,她很矛盾,不知道该怎么办。她想让他画画,可是又觉得这样太随着他的性子。就在前两天,青出又拒绝课间出去运动之后,她把青出的画册收走了。

"与蓝,这是蝴蝶酥,很好吃。"青出掰了一半蝴蝶酥,塞到了口袋里。面对着比自己还大的蝴蝶酥,与蓝的心里暖暖的。

"与蓝,我让你看一样好东西。"青出从裤兜里抽出一卷长长的卫生纸,跪下来,把卫生纸铺开。卫生纸被画成了一卷长长的画。

"这是我新画的牙仙子捕捉器。你不要小看了这个装置，它可是利用了仿生学的原理。"

"这个形状看起来像是猪笼草。"与蓝眯着眼睛。

"你可真是聪明绝顶！"青出激动得手舞足蹈，"这就是'猪笼草'。只要牙仙子一进去，'猪笼草'就会分泌一种液体，粘住牙仙子。不过你放心，这不是真的猪笼草，只会粘住她，并不会把她消化掉。"

"我还以为我是天下第一的发明大王呢。"此话一出，青出就等着与蓝夸他，没料到与蓝清了清嗓子，竖起大拇指，"看来，我还是天下第一的发明大王啊！"

"与蓝，你是天下第一的吹牛大王。"青出噘起嘴。

"你怎么没想到在这里再加上一个装置？一旦牙仙子被粘住，她肯定会挣扎，要是翅膀掉了怎么办？"与蓝边吃边说。说实话，他从来没有吃过这么好吃的食物。

青出想了半天，突然跳起来，拍了一下自己的脑袋："我怎么没想到呢？"他把小手指伸过来，碰了碰与蓝，说道："好吧，我承认，与蓝举世无双！"与蓝顺口接道："青出独一无二！"

正说着，青出听见急促的脚步声，一转身看见大个子吴天冲了过来。青出赶紧把与蓝放进口袋。

"我还以为有什么宝贝呢，一个人在这儿像母鸡下蛋似的叽叽咕咕。"吴天弯下腰，一脚踏向画着青出伟大发明的"图纸"，还使劲碾了几下。

青出的脸气得发白，白得像母鸡刚下的蛋。他的手一直护着口袋，可不能让吴天发现与蓝！

"吴天，不许欺负青出！"

一个身材修长的女孩跑过来，看起来比青出要高出一头呢。她的头上戴着一个红色的蝴蝶结，在阳光下很晃眼。与蓝呆呆地望着红色的蝴蝶结。

吴天大叫起来："关你什么事？"

"红豆！救我！"青出跑到了女孩背后。

红豆两腿一蹬，扎了个马步，左手冲拳道："要不要尝尝我新练的长拳啊？"

吴天的气焰消了大半，悻悻地走了。青出崇拜地望着红豆，说："红豆，你真厉害，长大了，我可以嫁给你吗？"

红豆收回马步，摸了摸青出的头，说："放心吧，我会保护你的！"

秘密行动

在学校，午餐是分小组围成一桌吃的。分完了水果、餐具之后，同学们就各自吃了起来。漾老师端了一碗面走过来，坐在青出的旁边。

"面！面！面！"青出的脖子都要伸到漾老师的碗里了。孩子们都不吃了，眼巴巴地望着面。

"漾老师，我要吃面！"青出大叫着。

漾老师满脸歉意地摇摇头，谁料青出站起身就要抢漾老师的碗。

"对不起，这是我的！"漾老师生气地说。

"凭什么只有老师有面吃，为什么学生就不可以吃？这不公平！"他大叫着，"这不公平！不公平！"

红豆说："青出，学生只能吃学生餐。"

"对，你要好好学习，将来回我们学校当老师，你就可以吃面了！"卢苇苇说。

"可是这不公平。你们为什么都不抗议呢？"青出噘着嘴，望着大家。其他孩子都看了一眼老师，默默地吃自己的饭。

青出用手在餐桌上轻轻地敲着。他之前和与蓝约好，在不方便时，就用莫尔斯电码交流。

青出发出了第一条"电报"：

怎么办?

与蓝在他口袋里也回了一条:

找校长谈。

接收到与蓝的信息后,青出把筷子一放,皱着眉头颇为认真地道:"我要找校长谈谈。"

"校长比较忙,你空闲的时候他可能在开会。"漾老师用纸巾擦了擦眼镜,"你发一封邮件或者写一封信给他会比较好。如果你需要,我可以帮你发邮件。"

"不用了!"青出表现出一副自己能搞定的样子,发出了第二条"电报":

饭后行动。先填饱肚子。

青出偷偷用纸巾包了一些肉屑,等没人时把肉屑放在口袋里给与蓝吃。青出的妈妈如果知道了这些,肯定要抓狂的。

饭后,青出居然毫不反抗,乖乖地排好队去操场玩耍。等到队伍一散开,青出借口去医务室,中途转到了教室。考虑到给校长的信要正式些,而青出又没有像样的纸,他就把书上的一张信纸撕下来。

"与蓝,咱们开始行动!"

校长叫钥匙,这可真奇怪。青出歪歪扭扭地写下两个字:钥匙。

"不行!老兄,直接这样称呼不礼貌!"与蓝抱住青出的笔,"要这样写:尊敬的公正的钥匙校长。"

"好的。"

青出修改了称呼之后继续写道:

我是二年级新转来的学生青出。我想给学校提一个建议。

学校餐厅的面实在太好吃了,那么香,惹得我口水直流。但是为什么只有老师能吃,而我们学生却不能吃?

首先,这不公平。开学第一天,您就在大会上讲公平,我想您应该了解公平的意思,所以您肯定不能允许学校里出现不公平的现象。

其次,学生吃不到自己喜欢的食物,就会心情难过;学生心情难过,就会不想上课;学生不想上课,老师就会难过;老师难过,不能好好教学,校长也会难过。

为了不让您难过,请让学生也可以吃到美味的面吧。拜托拜托!

您的学生:青出

"你喜欢钥匙校长吗?"

"我挺喜欢他的。他很有趣!"青出说着,又加了一句:

又及:钥匙校长,希望您能像钥匙一样,解决这个问题。

信写好后,总得装在好看的信封里吧。"真是的,我连张纸都没有。为了防止我在课堂上画画,连一张纸都不给我留。这些老师可真狠。"青出说。

一封堂堂正正的信,必须装在一个堂堂正正的信封里。"对不起了,我亲爱的书本。"青出说着,又把一本书的扉页撕掉了。这是学校的校编课本,总编正好是钥匙本人。

不幸的是,第一天发课本时,青出就把"钥匙"两个字画掉了,在后面补上了两个字:青出。

"这可怎么办呢?"青出问。

与蓝说:"你在后面再补上几个字。"

"补什么呢?"青出又问。

"你就加上几个字,听我的。"与蓝一边说,青出一边写。于是,"总编"这一行就变成了——

总编:青出喜欢的钥匙校长

青出把信装好,向窗外望去,操场上的队伍正在集合。只有几分钟的时间了。

青出把与蓝放进口袋,小步跑向校长办公室,眼看着就要到了,讨厌的吴天又突然出现了。

"你在这里鬼鬼祟祟地干啥?"吴天向前一步,揪住青出的衣领。

"红豆救我!"青出一缩头,大叫起来。

可连红豆的人影都没有,看来只能以退为进。青出边求饶,边往后退,直退到了钥匙校长的办公室门口。青出紧贴着门,装出吓坏的样子,蹲下来,把信塞到门口,用手敲着门,给与蓝发出了信号:

送信。

青出连声求饶,拖延时间,等与蓝悄悄爬下去。

"漾老师!"青出朝右边大叫了一声。吴天腿一哆嗦,赶紧向那边看去。就在这一瞬间,与蓝已经溜到了门口。只是青出高估了与蓝,信封太大,只有一厘米高的与蓝使出了吃奶的力气,才把信推进了门缝。

"好啊,你小子居然使诈。"吴天生气极了,推了青出一把。青出顺势瘫下去,一屁股挡住了门缝。他故意装作很痛的样子,嗷嗷大叫。

不远处,同学们的叽叽喳喳声越来越近,想是他们排好队要回来了。吴天怕惹出事来,慌慌张张地跑了。

下午放学前,漾老师把青出叫过去,让他看了钥匙校长的回信。

亲爱的青出:

谢谢你的建议,谢谢你这么关心校长是否开心。

收到你的信,我非常开心,事实上,我笑了足足十分钟。

现在我们餐厅的条件有限,做面需要很长的时间,又不能提前做。而且你们自己去取面,很容易被烫伤。所以综合考虑后,我们决定,同意四年级以上的学生在餐厅吃面。

虽然你现在上二年级,但你要相信,你一定会长大的。我们会和面一起,等着你长大。

你是唯一有勇气给我写信的学生。能向自己认为不公平的事说"不",是一件了不起的事!

你的朋友:钥匙

又及:希望我这把"钥匙"可以帮你们打开更多的锁。

这天下午,青出是蹦跳着去坐校车的!

你没有问题,你只是遇到了问题

这是与蓝第一次在青出家吃饭。

与蓝悄悄探出头,仔细地观察着。青出的爸爸妈妈都很高,尤其是妈妈。唉,真不知道为什么青出长得这么瘦小。青出小小圆圆的脑袋,小鼻子小眼,细胳膊细腿儿。青出的爸爸很壮实,冬瓜似的圆脑袋,蒜头鼻,厚嘴唇,手臂滚圆粗壮,眼睛细长——这点青出倒像他爸爸,不过他爸爸鼻梁上还架着一副黑边方框眼镜。

回来的路上,与蓝听青出说,青出的爷爷的爷爷的爷爷的爷爷还是状元,青出的爷爷的爷爷的爷爷出国留过学,爷爷的爷爷是大学教授,爷爷也是大学教授,青出的爸爸现在也是大学教授。

青出的妈妈不停地在厨房转悠。她个头很高,看起来比青出的爸爸还要高一头,瀑布似的黑色长发倾泻而下,眼睛闪着柔和的光,说话细声细气。

"青出,你放学了?今天在学校开心不开心?把鞋子脱了,洗洗手,我们很快就吃饭喽。"

与蓝想:原来青出也有一个这么温柔的妈妈。

青出扒拉着菜,嘟囔道:"妈妈,这香肠真难吃!"

"哼!这个青出,真是身在福中不知福。"与蓝想。他实在忍不住了,探出头一看,盛着香肠的盘子就像一片香肠海。他什么也不想了,只有一个念头,那就是跳下去，就让红红的香肠把自己的肚子撑得圆鼓鼓的吧！

就在这千钧一发的时刻，突然一大块香肠"唰"地被塞进了口袋里。青出真够哥们儿！与蓝正想大快朵颐的时候，突然听到一阵尖厉的叫声：

"啊！青出，你怎么能把香肠放到衣服里！"

说时迟，那时快，青出就像玩具飞机一样被妈妈拎起来，被按在洗手间的洗漱池边。事发突然，与蓝惊魂未定，紧紧抓住青出的口袋，以免掉下去。

"快，快洗手！"

一阵哗啦啦的流水声响起。

"赶紧把衣服脱掉！换上这一件！你这孩子怎么越来越不像话了！"

接着是一阵咆哮。

与蓝吓得瑟瑟发抖。看起来这么温柔的妈妈，生起气来就像世界上最恶毒的女巫！

妈妈也不管青出的挣扎，三下五除二就把青出的校服一脱，扔进洗衣篓里了。青出大哭起来。妈妈又把青出押到饭桌前，手一指："快吃！"

青出大哭："我要上厕所！"

"刚上过，怎么又上？快吃！你一会儿还要去徐医生那里做感统训练呢。"

"这个蚂蚁上树是你最爱吃的,这可是妈妈专门为你研发的新菜品。"爸爸想要打圆场,赶紧给青出夹了一筷子菜。

青出尝了一口,皱起眉头嘟囔道:"不好吃!"妈妈的脸色一下子就变了,爸爸埋头不敢说话。

青出用筷子在碗里扒拉扒拉,弄得菜掉得满桌子都是。他又拿着筷子在桌子上夹啊夹啊,可夹了半天也夹不到碗里。

"喂,我说你怎么回事?连菜都不会夹,干脆回幼儿园吧!"妈妈气急败坏地按住了青出的手,"掉在桌子上的菜沾染细菌了,不能再吃了!"

"细菌是什么?"青出的眼里闪着叛逆的光。

"细菌啊,就是一种很细小的生物。"爸爸好像终于找到了用武之地,得意扬扬地大谈特谈,"细菌是生物界数量最多的生物,我们肉眼看不见,但是我们的身上、我们的周围全都有细菌……"

"别再故意拖延时间了!还有十分钟,必须吃完,否则我们就错过时间了!你们知不知道徐医生的课有多贵,迟到一分钟就是几块钱!"

妈妈气得头发甩来甩去,像是发怒的翻滚着的海浪。

青出吃着吃着,突然捂着肚子,叫着:"哎哟,我肚子痛，我肚子痛！我要上厕所！"

妈妈气鼓鼓地看着嘀嗒嘀嗒的时钟，叹着气："还装！继续装！"

青出饭没吃完，就被押到了车上，车子一路疾驰。每天，青出的时间都被安排得满满的，一点儿空闲都没有。从上一年级开始，青出就要上各种训练班，后来还要去看各种医生。

"蜗牛苍蝇脚无敌讨厌！"青出小声嘟囔着。

妈妈从后视镜里看到青出屁股上好像长了刺，一秒钟也不安生。她深吸一口气，尽量温和平静地说："青出，我今天收到漾老师的邮件了，说你在新学校表现还不错，很有自己的想法，做自己喜欢的事也很专注。"她看青出并不搭理她，安慰自己似的又说道："看来，这是不错的开端。"是的，开学三周了，她居然都没有被叫到学校训话。

"我讨厌这所学校！"青出叫道。

"你不是喜欢漾老师和石头老师吗？"

"可是这所学校不让我画画。我必须画画。"青出坐直了身子，"妈妈，为什么要我转校？我想回原来的学校。"

妈妈的手抖了一下，车差点儿冲到了人行道上。她回想起了上一所学校给出的关于青出的报告。如果有可能，她一辈子都不想让青出知道。

"说不定，你慢慢就会喜欢这所学校了。对不起，青出，我刚才不应该对你发脾气。"

"那你为什么要让我去看医生？好浪费时间！为什么不能用这个时间画画？"青出说话时，习惯皱着眉头。

"孩子，你需要做感统训练，让你长得更高。"

"你骗人！"青出噘着嘴，"只有感统失调的人才要做这个训练。我脑子有病！我就是个问题孩子！"

有什么东西梗在妈妈喉头。青出的话在啃食着她的心。青出上幼儿园时，她只知道青出很顽皮，可是她从来不认为青出有问题。

可是自从上了小学，老师就经常对她说："你家青出怎么回事？一秒钟都坐不住！""你家青出总是不跟别人交流，就自己画画！""你家青出考试交了白卷！""你家青出总是乱发脾气！""你家青出在课堂上从来不听讲。"……

"孩子，你和其他的孩子一样。你没有问题，你只是遇到了问题而已。"妈妈把车靠边停下，扭过头望着青出，"遇到问题不可怕，我们一起解决。"妈妈故意把"我们"两个字说得很重。

青出低下头。

为什么想做自己喜欢的事，就是"有问题"？他时常会觉得烦，太多的声音、不熟悉的气味都会使他心烦意乱；甚至有时候只是穿了一件不舒服的毛衣，都让他想发脾气。但是只要一画有关与蓝的故事，外面的吵闹声就不见了，好像他把这个世界屏蔽了，进入了另一个世界。在那里，一切都是恒定的、安稳的、自在的。

其实，青出挺喜欢徐医生的。徐医生会认真地听他说话，还会给他做一些感统训练。做完训练之后，青出就觉得安心，就像漂浮在大海上。

可是，今天青出觉得莫名烦躁。他故意做一些相反的动作。

"你很烦吗？"徐医生问他。

青出噘着嘴，不说话，两只手臂像没了油的机器，不协调地甩来甩去。徐医生拿出一张纸，说："画一些线条吧，随意地画。"

青出用笔猛烈地在纸上摩擦起来，凌乱的线条如怒涛一样肆意汹涌着，甚至冲出了纸的边沿，冲到了地板上。慢慢地，他的速度慢了下来，线条也柔和了很多。

"现在愿意谈谈吗？"

"为什么人总是不自由？为什么大人总要把我的时间安排得满满的？"青出嘟囔着。

徐医生没有说话，用询问的眼神看着他，似乎是鼓励他继续说下去。青出觉得终于有大人愿意听他说话，心里溢满了感动："我想画一个故事，可是学校不给我时间，家里也不给我时间。我的时间总是被安排得满满的。我不喜欢被安排，我需要时间做自己的事。有时候，我真想自己一个人生活。"

一口气说完，青出觉得心中淤积的东西慢慢散开了。他长长地吁了一口气。

回来的路上，他要妈妈打开窗，微风舔着他的头发，他伸开双臂大叫起来。路边的人都对他笑。

回到家，妈妈给了他一个拥抱，温柔地说："青出，你去画画吧，给你十分钟，到时间就要洗漱了。"许久老师和青出的妈妈谈过，希望她在家也不要让青出画画，免得青出太沉溺于幻想。可今天不知道为什么，妈妈居然破天荒地说出这样的话。可青出并没有妈妈想象的那样欢呼雀跃，他心里一直惦记着与蓝，他记得出门前，妈妈把他的校服扔到了卫生间，他三步并作两步跑进卫生间。可他一阵乱翻后，却怎么都没有发现与蓝的身影。

这时，青出听到洗衣机轰轰转动的声音。他忙问："洗衣机里洗的是什么？"

"衣服啊，傻孩子。"

"什么衣服啊？"

"换下来的衣服。"

"我的校服呢？"

"在洗衣机里啊。"

青出大叫着："与蓝！我的与蓝！"他冲过去关掉洗衣机，拿出校服，翻来翻去——没有。

他把所有的衣服都掏出来，翻了个遍——还是没有。

"玉兰？"妈妈听错了，以为青出要找玉兰花，忙拉住青出，"玉兰在阳台，不在洗衣机里！"

青出甩开妈妈的手，一屁股瘫坐在地上，心想着与蓝肯定被搅成碎片了，或者被水冲走了。他整颗心都碎了。

青出走回客厅，木然地坐在沙发上，爸爸妈妈在隔壁房间吵着什么，但他什么也听不见了。突然，他听到一个细细的声音："青出，青出，我在这儿呢！"青出四处张望，发现与蓝正从垃圾桶里探出头，胡子上满是香肠屑。

青出赶紧把与蓝拿出来，用纸巾给他擦了擦身子，小声问道："你怎么跑到这里来了？我还以为你被洗衣机搅碎了呢。"与蓝仰卧在青出手心里，拍拍自己胀鼓鼓的肚子，满足地打了个饱嗝，说道："什么事能难得倒绝顶聪明的与蓝呢!"

"你要马上洗个澡!"青出小声地说,他受不了与蓝的味道,强忍住不适,捧着与蓝跑进了卫生间。青出平常洗漱很磨蹭,光是刷个牙就要花上半个小时。今天他把自己关在卫生间里,有模有样地教起与蓝来。

"用你的小爪子把你的上牙齿刷两遍!"

"对了对了,你忘记用牙膏了,再来一遍!"

"我也知道牙膏难吃死了,可是这样才能把牙齿刷干净。与蓝,听话!"

"听话。我们没有这么小的牙刷,你就将就一下吧。"

刷牙整整花了半个多小时,极大地考验着青出的耐心。洗澡就轻松多了。青出给自己放了满满一浴缸水,挤了很多沐浴露,水面上浮着厚厚的一层泡沫。青出把洗澡盆当作海盗船放进去,与蓝用一小条黑布蒙住一只眼睛,站在"海盗船"上,威风凛凛地说:"嘿,巨人海怪,快把你的财宝乖乖交给我!"

"巨人海怪"哪那么好惹?"海浪"翻滚着,咆哮着,吞噬了"海盗船"。"海面"渐渐平静下来,突然,"独眼海盗"站在了"巨人海怪"的头上,大叫着:"哈!想要淹死我,没门!""巨人海怪"笑道:"我差点忘了,你跟潜水鼠豆儿学习过。"

妈妈突然进来了，与蓝赶紧藏在青出的头发下面。妈妈一手叉腰，一手扶着门框："太阳今儿个是从西边出来了吧。青出自己刷牙、洗脸，居然还自己洗澡？"

"爷爷常说，要用发展的眼光看问题。我已经长大了，洗澡对我来说是小事一桩。妈妈，我已经不是小孩子了，下次你能不能先敲门再进来？"

"好！下次我一定先敲门，祝你洗澡快乐！"妈妈说完，就出去了。

与蓝从青出头发下面溜了出来。

洗完澡，青出把与蓝安置在一只新买的蓝色袜子里，还用橡皮泥给与蓝捏了个小小的枕头。他们讨论了很多关于发明的话题。在青出的枕头下面，有一本厚厚的用便利贴做成的小书。

"这是用漾老师给我的便利贴画的，我把它们一张一张地粘了起来。"青出笑起来，眼睛眯成了一条线。

与蓝一页一页细细地翻看，都是些设计图。

"以前我偷偷在被窝里画。后来，妈妈把我的小台灯没收了，我现在一点儿时间都没有了。"青出朝与蓝笑了笑，"不过，没关系，你来到了我身边。"

一人一鼠虽然都已经很累了，但是他们聊了很久，缓缓地沉入了甜甜的梦乡。

别动我的篮子!

青出梦见和与蓝远走高飞,他们一起伸张正义,成了超级英雄。无论他们走到哪里,大家都向他们投来崇拜的目光。

"青出!青出!快起床,要晨练了!"

爸爸斜靠在楼梯上,看着青出呼哧呼哧地下到一楼,再哼哧哼哧地爬上来。你知道青出住在几楼吗?二十楼。青出每天都要爬两遍。

"儿子,你是最棒的!"爸爸向青出竖起大拇指。

"爸爸,你是最胖的!"青出在心里气鼓鼓地说。他想,要锻炼的应该是爸爸,他那么胖,应该和儿子肩并肩"战斗"在第一线啊!爬楼梯是徐医生要求青出每天做的,说是多做点锻炼,有利于他情绪的稳定和身体的发育。

与蓝在摇摇晃晃的口袋里做着一个摇摇晃晃的梦,一滴口水摇摇晃晃地滴在了青出的口袋里,洇出了一条细细的线。

锻炼完,青出胡乱扒了几口饭,又用勺子挖了一勺饭包到纸巾里,说是路上喂蚂蚁。爸爸妈妈也没细究。不用说,那勺饭自然是落进了与蓝的肚子里。

到了教室,青出就把与蓝放在自己的篮子里,这样与蓝会有较大的活动空间。青出不放心与蓝,过一会

儿就要到篮子那里看一看,这样就越发显得此地无银三百两。后来,青出干脆在篮子上覆盖一张纸,上面写道:

请不要乱翻我的篮子,否则,我会找你聊一聊。

语文课上,老师正让大家默读课文呢,青出突然站起来,大声说道:"我的篮子里有重要的东西,请不要乱翻我的篮子,否则,第一次警告,第二次我就要找你严肃地聊一聊。"

青出万万没想到,此后他每天都要找好几个人"严肃"地聊一聊。青出患得患失,上课时时盯着篮子看。

在一次体育课后,与蓝真的不见了!青出急得大哭,嘴里不停地念叨着"与蓝",大家都哄不好,幸亏石头老师来了。石头老师个子奇高,脑袋就要碰到房顶了。他教的设计思维课是全校学生最爱的一门课。他非常喜欢青出,因为青出在设计思维课上总是有让人耳目一新的设计。当然,青出也很喜欢他。

石头老师拉着青出坐下,说:"青出,你丢了……与蓝?"

青出点点头，说："是的，与蓝对我很重要。"

"与蓝是……"

"与蓝是我最好的朋友，他是一只小老鼠，很小很小，只有指甲盖大小。"

石头老师点点头，又问："是一只小仓鼠吗？"

青出摇摇头："他不是一只普通的老鼠。他发明了作业机、超酷的签名机、自动定位足球……他是世界上最酷的老鼠。"

"小家伙太棒了！"石头老师咂咂嘴赞叹道，阳光射到他浓密的胡子上，泛着棕色的光，"看来，他是跟你一样棒的小家伙！"

青出点点头："你也有这样的朋友吗？"

石头老师眯起眼睛，耸了耸肩膀说："没有。"

青出有些失望。别的人可以没有，但石头老师不一样，他怎么能没有呢？青出很羡慕石头老师负责的班级的学生，要知道，每天下午放学，石头老师都是弹着吉他送他们坐校车的。而负责青出所在班级的老师们总是不停地提醒学生排好队，不要讲话，不要跑，不要跳。

"不过我小时候有，而且我的朋友也很酷。你猜，他是什么？"石头老师神秘兮兮地说，"给你一个提示：他是一种很大的动物。"

"不会是一只猫吧?"

"拜托,小家伙!'脑洞'能不能再开大一点儿?"石头老师打了个酷酷的响指。

"不会是一头大象吧?"青出试探着说。

"他是一头超级猛犸象!他穿着红白相间的小短裤、蓝白相间的小背心,头上戴着一顶黄白相间的帽子。我的猛犸象超级喜欢条纹,你懂吗?你猜,他梦想将来娶谁为妻?"

"不会是斑马吧?"

"你这小家伙,太聪明了!"石头老师激动地跳起来。要知道他实在太高了,一跳就撞到天花板了。他揉着脑袋,重新坐下来,眉飞色舞地说:"我的猛犸象还有一个梦想,那就是有一天他能展翅高飞。他在自己身上绑了翅膀,哼哧哼哧地爬到悬崖上,抬头是高高的天,低头是深深的海。他开始助跑,准备以最快的速度跳下悬崖,乘风飞翔。你猜猜,结果怎么样?"

"他摔得屁股成两瓣了?"青出仰着头,眯着眼问。

"小家伙,屁股本来就是两瓣。"石头老师装作很严肃的样子,然后忍不住哈哈大笑,"他停住脚步,转头回了家,吃着曲奇喝着茶,对着他的红白相间的小短裤说,飞不飞不重要,重要的是一头猛犸象也可以有一个飞翔梦。"

青出和石头老师笑得直不起身来。青出觉得心情突然明朗起来,像阳光下的向阳花,灿烂地笑了。石头老师摸摸青出的头说:"快去吧,去找你的伙伴吧!我也要准备上课了!"

青出本来还想问石头老师,那头猛犸象为什么现在不是他的朋友了,看来没时间了,下次吧。就在青出起身的那一刹那,他突然想起来了,刚才吴天回了一趟教室。

吴法吴天

与蓝回想起之前的一幕，还是心惊胆战的。

上体育课前，青出凑到篮子旁，轻轻地说："马上要上我最讨厌的体育课了。你去吗？"与蓝没有回应。与蓝正在琢磨他的"令天下称奇的自由机"，他想做出一台送给青出。这些日子，他一直在琢磨这件事，可是怎么也没有头绪。

教室里安静极了，与蓝沉浸在自己的设想中。不知道过了多久，一只大手把与蓝抓了过去。那不是青出的手，比青出的手要大得多，凭感觉，与蓝知道，他被扔进了口袋里。

噔噔噔！

噔噔噔！

哈哈哈！

咯咯咯！

一阵阵喧闹声、笑声、奔跑声传来！

与蓝想使劲钻出去，可是口袋被死死地捂住了。与蓝无法呼吸，他的大脑因为缺氧而眩晕。嘈杂的声音像海浪般裹挟着他。他颓然地坐下。突然，他在声浪中听到了熟悉的声音。

"老师，我要上厕所！"

与蓝抖了一下。这是青出的声音。奇怪，自己居然能从这么多声音中辨别出青出的声音。他大声呼唤青出，可是他的声音淹没在声浪中。他只能无望地等待着。

不知道过了多久，他听到了青出的哭声，那种歇斯底里的、像婴儿一样放肆的哭声，他听到青出一直在哭着呼喊他。

与蓝的心怦怦直跳。与蓝连忙应答，可是他细微的声音被淹没在喧哗声中。他只能无助地等待。后来，青出的哭声停止了。吴天紧紧地捂住口袋，得意地吹着口哨。突然，与蓝又听到了熟悉的声音。

"吴天，你刚才回教室了，对不对？"青出踮起脚，才刚到吴天的下巴。

"是，怎么了？"吴天不屑一顾地说。

"你是不是翻了我的篮子，拿走了我的与蓝？"青出直直地盯着吴天。

"你的玉米？学校不允许带吃的过来！"吴天转身想走。

青出拉住他，大叫道："你的口袋里是什么？"

与蓝被吴天揪了出来。他的尾巴被吴天的手揪得很痛，小小的身子像吊在蛛丝上的小虫，在空中乱晃。他这才看清楚吴天的脸，那是一张方形的脸，粗粗的眉毛，眼神充满了嘲讽。吴天哈哈大笑，一颗尖利的牙齿闪着寒光。多么熟悉的画面，与蓝觉得在哪里见过这颗牙齿。

"你这样他会痛的！放下他！放下他！"青出不停地往上跳，但是大个子吴天实在太高了，他根本够不着。

"凭什么说他是你的？"吴天说。

"他是我的朋友！"

"你叫他他答应吗？"吴天涎着脸，一副要耍无赖的样子。

青出仰望着与蓝，叫道："与蓝，与蓝！"

与蓝赶紧回答："是我！是我！"

青出笑了，大叫着："你听，你听，他说'是我！是我！'。他答应了！"说着，青出就要去抢。

"说什么呢？小不点儿，他根本没说话，只是吱吱地乱叫。"吴天大笑的时候，他的尖牙突然让与蓝想到蓝田恶霸吴法，吴法也有一颗尖利的门牙。

"你撒谎，他明明说了！"

"没有！"

"说了！"

"没有！"

青出忙把几个女孩拉过来，因为他觉得女孩比较有同情心。他又对与蓝说："与蓝，你再说一句，快！"

与蓝已经被吴天晃得有点头晕了，但他尽量用清晰

有力的声音回道:"我就是与蓝!"

"听到了吗?他说了!他说他就是与蓝!"青出兴奋得手舞足蹈。

"你胡说!"吴天喘着粗气,转身又要走。

青出扯住他的衣服,急切地问那些女孩:"你们做证,你们刚才听到了,对吧?快说!"

可几个女孩却摇摇头:"我们只听见他吱吱叫。老鼠都会吱吱叫的,所以他对你吱吱叫,并不能证明这是你的老鼠。"

青出大哭起来:"你们都在骗人,我明明听见他说话。他不仅会说话,还会发明……"

吴天大笑起来:"真搞笑,谁听说过老鼠会说话,还会发明?这不过是一只像臭虫一样大的臭老鼠罢了。"

"别动我的与蓝!"青出猛地站起来,眼里冒着吓人的光,他猛地往吴天身上撞,吴天没注意,一个踉跄摔倒了。吴天挣扎着起身,一个反手,把青出也拉倒在地,两人就扭打起来。青出显然不是吴天的对手,很快就被吴天按在地上。

与蓝担心青出,趁吴天手松的时候,照着吴天的胳膊就是一口。吴天痛得在地上直打滚。与蓝趁机逃脱,跑到了青出身边。青出伸出手,与蓝顺着胳膊爬到青出的手心。

正在这时，许久老师来了。这是一个四十多岁的中年人，是德育老师，他的年龄不大不小，已经过了石头老师那样随性的年龄，但也没有到青出爷爷那样看淡一切的年龄。他总是穿得一丝不苟，头发梳理得一丝不苟，笑容标准得一丝不苟，丝毫让人亲近不起来。

一看见许久老师，吴天仿佛又被蝎子蜇了一口，痛得直打滚，眼泪像珠子一样成串地落下来。许久老师先检查了吴天的伤口，问："他怎么受伤的？"青出赶紧把与蓝藏到背后，说："是我咬的。"许久老师又看了看伤口："伤口很小，你咬不出的。"吴天恨恨地说："是他的老鼠。学校不允许把老鼠带来，所以我拿了他的老鼠想交给老师，就被他狠狠地打了，他的老鼠还咬我……"说着，吴天放声大哭！

装吧！青出怒气冲冲地盯着吴天。

许久老师请体育场的老师带吴天去医务室消毒，又嘱托医务室赶紧送吴天去医院打狂犬疫苗，又让漾老师马上给青出的爸爸妈妈打电话。他一丝不苟地处理完之后，才看向青出，一板一眼地说道："今天你不要回班级了，收拾一下课本，去我办公室。带着你的老鼠！"

青出带着与蓝回教室收拾东西，一步一步地挪着，仿佛即将踏向刑场。

地狱之门

青出站在许久老师的办公室门口。

他抬起手想要敲门，但又放下了。在这所学校，青出最怕许久老师。许久不仅是学校的首席体育老师，还是学校的德育老师，所以每个班级的每个学生都是他的学生。他很死板，跟他说话就好像和一个机器人聊天一样。

青出上体育课总跑来跑去，不经允许就离开队伍，许久老师就板着一张脸，反复要求青出归队。

要是别的老师，课上完也就算了，可是许久老师绝不含糊，下课后他留下青出："青出，这节体育课你没有好好上，我已经和你们漾老师商量过了，下一节课你跟另外一个班一起上。"下一节课正好是青出最喜欢的美术课，可无论他怎样撒泼耍赖、哭闹求援，许久老师一直站在那里，仿佛机器人被输入了一个指令就必须完成一般，用坚定的、冰冷的目光看着青出。青出无奈，只能补上体育课了。

从此，青出就怕许久老师了，怕他的说一不二。虽然他从来不骂青出，但是他就是有一种令人震慑的力量。要赖没用，说道理也没用。因为他只会站在那里，执行程序一般地说道："谢谢你告诉我这些，但是，请你遵守规则。"

青出本来就很讨厌上体育课,他讨厌一切跟运动有关的活动。跑步会使他气喘吁吁,运动会让他双腿发软。所以很多动作他都不情愿做,但许久老师不允许他偷一次懒。

与蓝在口袋里已经等得不耐烦了:"你不能等着幸福来敲门,你得先敲开幸福的门!"与蓝催促青出。

"你把所有的名人名言都砸过来也没有用。再说了,这哪是幸福之门,这是地狱之门!我不去,我就不去,我绝对不去……"青出说不下去了,因为与蓝站在他的脑袋上,用他的小屁股替他"敲"了门。

"记住,我们可是青出独一无二、与蓝举世无双组合。勇敢地说出你的想法。"与蓝鼓励他。

"请进!"许久老师坐在办公桌前,请青出坐在他对面的椅子上。青出一言不发地坐下,把数学作业拿出来,装模作样地要写作业。许久老师却说:"青出,我们先谈谈吧。"

青出才不想谈。许久老师无非是说不要打人,或者像上次那样把他带到一年级去参观,告诉他如果再不遵守规则,就得去一年级"回炉重造"。

青出低下头,摆弄着铅笔。与蓝在他作业本旁边探头探脑。

许久老师凑过来，说："哦，这个小不点儿可真够小的。"听到他谈论与蓝，青出放松了一些，抬头看向许久老师。

"青出，"许久老师直视着青出的眼睛说，"这一周你的情绪平稳了很多。"

"平稳是什么意思？"青出又低下头，用铅笔在纸上画着咬尾巴的圈圈。

"就是你能控制好自己的情绪。"许久老师说，"以前你每天都要发脾气，有一次绘画课前，你还把全班同学的绘画本全藏了起来。"

"谁让你们不让我画画，还没收我的画册！"青出抠着铅笔，像是要把木头抠下来。他的嘴巴里发出"吱吱"的声音，两条腿重重地踏着地。

"青出，请不要发出这样的声音了！"许久老师正色道。

青出点点头，但脚似乎不听自己使唤，反而踏得更重了。

"你是故意的，青出！"许久老师两手支在桌子上，头往前倾，两眼直视着青出。

青出不看他，脸上的肌肉抖动起来："我不是故意的。我也不知道我为什么发出这种声音，我紧张。"

这时门开了。听脚步声很熟悉，青出的目光一下子活泼起来，他回头搜寻着，果然是石头老师。

许久老师显然对石头老师的突然造访很生气。他心想：石头老师再晚来一分钟，说不定青出就会声泪俱下地向他倾诉。许久老师对石头老师挥一挥手，意思显而易见——要请他走。可石头老师仿佛一点儿也没领会他的意思，还站在门口。

许久老师很绅士地看了一下表，说："我还有课，先走了。青出，你可以在这里做作业。"

等许久老师走远，石头老师和青出就大笑起来。

"小家伙，我过来想跟你说，有'事故'的男孩才有'故事'。我喜欢你。"

石头老师把手放在与蓝旁边，与蓝一下子就跳到了他的手心里。石头老师凑近，望着与蓝："喂，小不点儿，你就是与蓝吧？"

与蓝赶紧点点头。

"你还是一只发明鼠？"

与蓝又点了点头。

"青出，我真羡慕你，有这样一个好朋友。"

"我画了很多关于与蓝的故事，他非常非常厉害！"青出的眼睛闪烁着星光，重复道，"他非常非常厉害！"

听自己的好朋友这么说自己，与蓝骄傲极了，他并拢小爪子，向石头老师施了一个拱手礼，这可是他跟清风老师学的。

石头老师吃惊极了："真是了不起的朋友呢！我小时候也有一个朋友，他也很厉害。"

与蓝问道："他也是你的幻想朋友吗？"

可是石头老师听到的只是吱吱声，所以并没有回答他，而是转身坐在了青出旁边。与蓝哑然失笑，想起在幻海时颂唱师父说过的话："在人类世界，并不是每个人都通晓语言的真谛。只有建立了关系，才能听懂彼此的语言。"虽然石头老师看起来不错，可是他们还没有建立关系。建立关系，是需要时间和耐心的。

青出见状，赶紧替与蓝又问了一遍。与蓝感激地望了他一眼。

石头老师沉默了，轻轻唱了起来。石头老师酷爱音乐，课堂上常把重要内容编成歌词。

每个大人
都曾经是小孩。
每个小孩
都有一个伙伴。

他们听得懂对方的语言。
小石头也有一个酷酷的伙伴,
他是一头超级猛犸象。
他天天穿着条纹小短裤,
他想娶斑马为妻,
他带我去热带雨林,
我们在那里当上了国王。
可是小石头的妈妈,
一个长大了的人,
忘了自己曾经是小孩,
把我的猛犸象,
当成旧物扔到了垃圾箱。
我再也没有见过,
没见过
我的猛犸象……

石头老师的神情突然悲伤起来。与蓝和青出也都笑不起来了。这时,许久老师进来了:"我两分钟之后回来。"说完又看了一眼石头老师。石头老师会意,离开前说:"青出,你应该好好跟许久老师谈一谈。许久老师会理解你的。"

办公室突然变得空空的。青出的肩膀开始发抖,两只脚不停地踏着地,嘴里又发出"吱吱"声。与蓝知道青出很紧张,但是他不知道怎么安慰青出。

钟表的嘀嗒声、外面同学们的欢笑声……青出缩成一团,嘴里的声音更大了。这时,漾老师敲门进来,一看许久老师不在,就把画册还给了青出,蹲下来轻声说:"你跟许久老师说清楚。别怕。"

漾老师前脚离开,许久老师后脚就进来了。他上完了体育课,已经换掉了运动装,穿着衬衫、长裤,整理得一丝不苟。

"青出,继续我们之前的话题。你能谈一谈为什么要这么做吗?"

青出又沉默了一会儿,想起了石头老师和漾老师的话,然后说道:"我没有时间画我的故事。"

"说说看。"

"我每天都在画关于与蓝的故事,我画了厚厚一本。"青出把画册推到许久老师旁边,满怀希望地望着他,可许久老师只是不屑地瞥了一眼。

"与蓝是谁?"

"他是我的朋友,他还会发明。老师不让我在课堂上画,而课间又让我必须出去玩。"

"因为你需要晒足够的太阳才能保持身体健康。"

"可是,在操场上跑来跑去看起来够傻的。而且,也不是每个人都需要锻炼才能健康。画画就能使我健康。现在我没时间画画,我在学校的时间被规划好了,我在家的时间也被规划好了,要做感统训练,要锻炼身体,要做作业,要上兴趣班,我现在没有一分钟可以画画了。不能画与蓝的故事,我晚上连觉都睡不好。"青出一脸严肃的样子,看起来就像一个心事重重的小大人。

"真的吗?画画有这么重要吗?"

"你不明白。还有,如果我不画画,蓝田就要永远沉睡了。"青出越说越着急,语速也越来越快,"整个蓝田就像死了一样,再也没有故事了!"

"会发明的老鼠?整个蓝田沉睡了……哈哈哈……这真是一个有趣的童话故事。"许久老师笑得皱纹都堆在了一起,心想:果然没错,这孩子过分沉溺在幻想世界中,得把他及时拉出来。他伸手准备把放在桌角的领带系上,却发现领带不见了。

"奇怪,我的领带呢?怎么回事?刚才还在这儿呢!"

这时青出发现,他的书包里露出蓝色的领带角。他知道这肯定是与蓝干的。与蓝正吊在领带上,朝许久老师龇牙咧嘴。青出赶紧跑过去，想把领带角塞进去。可是不巧，许久老师也看到了，他奔过来，把领带扯了出来，领带的另一端还吊着一只只有指甲盖大小的老鼠！

许久老师仿佛系统崩溃了一般，气急败坏地叫道："青出，听着，别再给我讲这种愚蠢的童话了！还有，不准把老鼠带到学校。等你爸爸妈妈过来，我也会告诉他们，不能画画，不能养老鼠。家里也不行！老鼠身上都是细菌！你们马上离开我这里！回教室！"

青出步履沉重地回到教室。教室里没有人，也许大家去上音乐课了吧。他不能扔掉与蓝，绝对不能。可是该怎么办呢？

"与蓝，我跟你一起去蓝田吧！我讨厌这里！这里太不自由了！"

蓝田上君

"可是我只知道出来的路,不知道回去的路。"与蓝说。

"也许回去的路还是来时的路。"

青出拿出他画的《蓝田》,翻开第一页,与蓝指着那片叶子说:"我掀开这片叶子就跳了出来。"

这是一片真的叶子。青出在小区里把叶子捡回来后,就粘到了画册上。与蓝掀开叶子,居然真跳了进去。不一会儿他顶开叶子,探出头叫道:"青出,快来!你牵着我的手!"青出把手伸了过去,就在他的手碰到与蓝的手时,忽然吹来一阵风似的,他整个人旋转起来,眼前一片漆黑,好一会儿才站定。等眼睛适应了黑暗,他借助从枯黄叶子透过来的微弱的光线,发现与蓝和自己一般高了。不知道是自己变小了,还是与蓝变大了。

"你要抓紧啊,这段地道很黑,再走一段,就到蓝田了。"与蓝紧紧拉着青出,叮嘱道。来到与蓝的地盘上,与蓝就生出一种东道主的骄傲与责任感来——他得照顾好青出。

想到自己大笔一挥,就生成了这样一条蜿蜒黝黑的地道,青出心里也生出一种骄傲,同时又觉得惊奇。

"青出……"与蓝欲言又止。

"说呀!"

"我有一个想法。"

"你快说呀,什么时候你也学会吞吞吐吐了?"

"在幻海有一座岛,叫往昔岛。据说那些被人类抛弃的或者忘记的幻想朋友,都生活在那里。我们去那里,把许久老师的幻想朋友找到,说不定能帮助你。"

"你确定像许久老师那样的人也有幻想朋友?"

"他曾经也是个小孩子。"

黑暗里看不到表情,但他们还是大笑起来。爷爷奶奶、爸爸妈妈都不是一开始就这么大的,他们也是从小孩子慢慢长成这样的。但笑着笑着,他们俩好像同时想到了什么,笑声戛然而止。

"有一天,你也会长大的。"与蓝伤感地说。

"我长大了,也不离开你,你永远不会被送到往昔岛的。"青出说。

这条蜿蜒小道的洞口透出亮光。从这里就可以进入蓝田。他们雀跃着奔出洞口时,吃了一惊,只见街上站着成群的老鼠,他们的脸上洋溢着兴奋的表情,举着牌子,上面写道:欢迎蓝田上君。

一位银发长者奔过来,直握住青出的手:"蓝田上君,欢迎你来到我们蓝田。哎呀,我就说嘛,今天一早,像往常一样,我们都在睡觉——最近总是困得不行——可是,睡着睡着,我们突然都醒了,有一股美好的情绪在我们身体里流动,我们霎时间神清气爽,再也不觉得困顿,也不觉得贫乏,而是感到幸福和丰盈。我们就知道,蓝田上君要来啦!"

长者实在是太兴奋了,他手舞足蹈,连连叩拜。蓝田居民们都兴奋极了。

青出被安排在蓝田最好的酒店——玉生烟酒店。这里的套房住起来非常舒适,天花板上画着星空,床是超级柔软的水床,睡起来真是头枕大海、仰望星空。阳台上有一个超级豪华的游泳池,可以在里面想游多久就游多久。如果想吃什么,只要按一下按钮,从游泳池两侧就会伸出自动小桌椅,机器人就会送上各种点心,想吃多少吃多少。

青出还记得自己是半夜趴在被窝里画的这幅画,妈妈发现后,把台灯没收了。真没想到,现在自己就在画中的屋子里,等以后回去上学了,说给柿子听,他肯定会羡慕得求自己跟他做朋友的。

青出不管去哪里,身边总是围着一群老鼠,前呼后拥的。刚开始与蓝一直陪着青出,但青出看起来不需要他的陪伴,与蓝就躲起来捣鼓自己的发明。

与蓝想做一艘船，既能在海里航行又能在冰上行走的船——去往昔岛需要这样的船。

门"吱呀"一声开了，有脚步声。

与蓝闭上眼睛也知道，是爸爸来了。

"你为什么不跟着上君？"

"他有很多人陪，不需要我陪了。"与蓝头也不抬，只专注于手里的活儿。好久没有碰这些工具了，与蓝很想念它们。

"你在做什么？"

"我在做一艘船，我和青出要去往昔岛。"

"恐怕你要白做了，上君肯定不想去了。"爸爸坐到地板上，"老鼠们每天都去拜望他，把最珍奇的东西献给他。他的房间外排了长长的队伍，沿着楼梯下去，足足绕了五层楼。有的老鼠求他把自己变高一点儿，有的老鼠求他把自己变帅一点儿，有的想要更多的财富！"

与蓝手里的工具掉了下去。

青出正得意扬扬地坐在宝座上。每一只进来的老鼠都匍匐在他的脚下。

与蓝要推门进来，守卫者把他拦在了门外，提醒他要排队。

与蓝大叫道:"青出,我是与蓝。"他的声音被淹没在众鼠的喧哗声中。守卫者提醒与蓝:"他可是蓝田上君,你最好不要直接称呼他的名字。"与蓝生气地顶回去:"他不是我的上君,他是我的朋友。"守卫者不耐烦地摆摆手,与蓝只好沮丧地走了。

在青出的房间里,现在正上演着一出闹剧。

两只老鼠,一只叫一弦,一只叫一柱,他们正闹得不可开交。

"上君,你前天答应我,要把华年剧院给我用。"一弦一袭长衫,徐徐道来,一副胜券在握的样子,"我的个人演奏会《锦瑟》的海报已经张贴出去了。"

一柱上前一步:"我最帅气、最英勇、最公正的蓝田上君,自从你创造了我们,你就心心念念地想着我们,想让我们获得幸福。昨天,就在这个房间里,你亲口答应过我,要把华年剧院给我使用。"一柱指着后面一排盛装打扮的演员说道:"我们的话剧《思华年》就要公演了。这可是蓝田镇万众瞩目的大事啊!"

青出的头都要晕了,一柱和一弦,名字为啥这么像?一天要见这么多老鼠,他怎么记得住?每只老鼠上来都要参拜他,他被他们的花言巧语弄得轻飘飘的。为了不破坏他在他们心中的上君形象，不违背他定下的无上自由原则，他们要什么，他都答应。他可是吃够了不自由的苦，在他创造的王国里，第一条法律是自由至上，第二条法律就是至上自由。

演奏会还是话剧？他在心里盘算了一下：还是话剧吧，取消一个人的演奏会总比让一群人失望好。于是他清了清嗓子，庄严地说道："为了让损失最小化，我宣布一柱将获得华年剧院的使用权。"

"为了这场演奏会，我高价购买了很多珍贵的乐器！"一弦大叫道。

珍贵的乐器？青出只好更改自己的决定，把剧院给一弦使用。

"可是我给我所有的朋友都发了帖子！如果演出取消，我会被所有人取笑的……"一柱匍匐在地，吱吱地号哭着，一边哭，一边斜觑着青出。

好像有根针在戳青出的屁股，使他坐立不安。最后他被哭声打动了，又更改了刚才的决定。

"可是你先答应我的，怎么能不遵守承诺，又把剧院给别人？"一弦质问道。

一柱和一弦都目光炯炯地盯着青出，青出垂下眼睛。可是作为无所不能的上君，他又不能一直沉默。最后他说:"好,这里有一枚硬币,如果正面朝上,华年剧院的使用权就给一柱;如果反面朝上,就给一弦。"

硬币旋转着,停了下来,是反面。一柱变了脸,抢上前抓住青出的手大叫着:"你就是个冒牌上君。"

守卫者好不容易把一柱拉走。青出颓然地坐在宝座上。之后,无论其他老鼠说什么,他都心不在焉,结果弄出更多的错误。就像多米诺骨牌一样,一倒全倒。成群结队的老鼠聚在一起,朝青出套房的窗户里扔白菜。

好不容易结束了这不堪回首的一天,青出放了一池水。蓝莹莹的水泛着光,让青出的心稍稍平静一些。青出闭上眼睛,想把这糟糕的一天撕去,就像撕掉自己画得不满意的一张画。

他睁开眼睛,往窗外望去,突然发现有无数飞鸟在外面盘旋,飞鸟衔着一张巨型条幅,上面写着"冒牌上君"。

青出分明看到了星星,他的头嗡嗡响。他站起来,擦干水,打开房门,一路冲了出去。

蓝田的大街上,安静,有风,无星。豆芽似的路灯垂下脑袋,像是妈妈的眼睛。他突然好想家,难过地蹲在街上哭了起来。他期待着会有人来找他,就像自己生气时，把自己关在卫生间，爸爸妈妈会过来敲门一样。他等待着，哭着，希望听到敲门声，却没有人来找他。

自己虽说是蓝田上君，蓝田的老鼠都要依赖他，但也不是想做什么就能做什么的。家里不自由，学校不自由，连在自己创造的世界里也不自由。这世界之大，竟没有一处是自由的。青出越想越觉得凄楚，又嘤嘤地哭了一阵。

青出突然想起了与蓝，好久没有看到他了，不知道他怎么样了。

不知不觉青出又走回了住处。

他突然停住了。

门口站着的，是与蓝。

扬帆起航

蓝田学院的图书馆。

青出和与蓝正在找一本可以让他们前往往昔岛的书。这是与蓝从幻海带来的，被与蓝藏在了图书馆浩瀚的藏书里。青出站在高高的梯子上，与蓝爬到最顶层，他们都在埋头翻找，从见面到现在，没有说一句话。他们之间不用道歉，无须解释，只要一个眼神就能明白彼此。这就是男生之间的友谊。

与蓝终于找到了这本书。

已经发黄了的书脊上，摸起来有种牛皮般温润的触感。与蓝轻轻地抽出这本书，细细地摩挲着。忽然，两个大字慢慢地浮现出来——

幻海

这两个字宛如冬夜里的星星一样寂寞地闪烁在封面上。

翻开书，白白的纸，静静地躺着，像是在等待被填满。与蓝把青出的手放在书页上，教青出怎样细细地抚摸。字随着手指的抚摸慢慢浮现出来：

幻海是什么地方？

看着青出吃惊的表情，与蓝解释道："这是离开手岛时，颂唱师父送我的一本无字书，一般人不知道其中的奥秘，所以在图书馆一直都未被借阅。其实它比任何一本有字的书都丰富，只要阅读者真心相信，沉潜心神，它会读懂每个人的所思所想。"与蓝说完，示意青出继续抚摸下去。

又出现了一些文字：

幻海，世界之彼方，与世界同生同灭，浩瀚不息，乃梦之源头，幻想之泉源。

青出又继续抚摸着。书页上跳出两行新的文字：

怎样才能到达幻海？
没有任何一条路能通向幻海。

青出正要失望的时候，后面又有新的字闪现：

唯有信念会指引你找到。

青出一下子迷糊了，他咬着手指："怎么回事？怎么又是没路,又是有路的?都把我搞晕了!"突然他拍着脑袋说:"我知道了,是不是说只要你相信幻海,就能找到通向幻海的道路?"

书页上又泛出了一行字:

是的!路,可能是一本书、一幅画、一个故事……

青出激动地说:"与蓝,蓝田也可以通往幻海吗?"与蓝好像想起了遥远的事情,那是他在幻海的岁月。通过幻海之门后,他已经很久没有想起幻海了,关于幻海的点点滴滴都已经模糊了,只剩下一些零碎的片段,就好像几片散落的拼图。

可就在那一刻,一幅画面在与蓝的脑海里逐渐清晰起来。

与蓝和青出在梦网相遇后,与蓝拉着青出走出梦网,来到手岛之门前。那门上挂着一枚铜环,铜环上的字金光闪亮——

无中生有　生生不息

与蓝和青出同时读出了这八个字。

门立时无声地开了，眼前如银河倾泻，壮丽无言。与蓝和青出手拉着手走向"银河"，登时天旋地转，他们如在旋涡，光速般旋转下降。他们一直紧紧地攥住彼此的手，落到最深的黑暗里。黑暗中，与蓝心里一直念着青出的名字，他便不怕了……

回想起这一幕，一股暖流涌上了与蓝的心头，他紧紧地握住了青出的手。黑暗中，一人一鼠就这样静静地坐着，双手紧握。

不多时，与蓝抽出手，在书页上继续抚摸。

书页上出现了"幻海地图"几个字，随后又出现了几个字：

变化多端，无形无定。

"这是什么意思？"青出问。

"幻海随时变化，所以没有固定的地图。我们可以带走这本书，到幻海后再随时查看。"与蓝边说边把书装到了背包里，他还要给清风老师留封信，就让青出先去湖边看看船是不是还在。青出刚出图书馆，就看见两只老鼠在门口探头探脑。青出认识他们，是豆儿和阿柿。阿柿还有些不好意思，豆儿却大方地说："我们刚才碰巧也在图书馆,所以听到了你们的谈话。你们要去幻海吗?"

青出点点头。

豆儿和阿柿背过身去,头凑在一起,吱吱地说着,然后一起转过来,对着青出说:"蓝田上君,你能带我们一起去吗?"

看着他们期待的眼神,青出没有办法拒绝。两只老鼠欢天喜地地唱起歌来:

每一只老鼠,
都有权利期待。
每一个梦想,
都值得去守护。
从我们出生,
我们就想
去远航——
去看跳跃的海豚,
去听美人鱼歌唱。
闪亮的冰山,
五彩的珊瑚,
去远航,

去——

他们看见与蓝气喘吁吁地跑过来,但还是坚持轻声地唱完:

远航。

青出"扑哧"一声笑了。与蓝瞪了他们一眼。

"不行!"与蓝严肃地说,"你们绝对不能去,理由有三。第一,你们去了会耽误学习,谁也不知道我们什么时候能回来。第二,我们的船没有那么大,也没有足够的食物。第三,远航非常危险。"

在与蓝说话时,豆儿频频点头。与蓝话音刚落,豆儿就不卑不亢地说道:"我们必须去的理由有三。第一,小孩子的梦想是要去实现的,这本身就是更好的学习。第二,我们已经带了足够的食物。第三,女孩子不经历一场冒险算不上成长。"

与蓝"扑哧"一声笑了。

阿柿说:"更何况我们还跟着绝顶聪明的与蓝和青出,一路定能降妖除魔。"大家都笑了,气氛缓和了不少。

与蓝看向青出："青出是船长，只要他同意就行。"豆儿和阿柿看向青出。

青出点点头。阿柿和豆儿欢呼着扑向青出，青出本能地后退，他们扑了个空。

他们爬上了学校的后山，向晚的天空怀抱着蓝田镇。热闹了一天的蓝田，终于安静下来，袅袅炊烟仿佛一阵阵均匀悠长的呼吸，闪闪烁烁的灯光宛如时张时闭的困倦的眼睛。后山的山脚下，月亮把月亮湖剪开了一道粼粼的亮痕。

"这里可以通向幻海吗？"

与蓝点点头："凭借我天才的直觉。"

水从四面八方涌来，船舱摇摇晃晃。"青出与蓝"号是一艘多功能船，此时，它四面都封闭起来，就像一艘潜水艇。水压越来越大，就像被一个千斤重的拳头直直地按下去，大家都感到头晕耳鸣，黑暗里他们互相抓紧了手。

彻头彻尾的黑暗。

黑暗中不知道航行了多久，豆儿担忧地问："天才的直觉会不会出错？"

"我问了幻海之书，不会错。"与蓝坚定地回答。

只要与蓝在，青出就觉得心安。青出讲起蓝田学院

的趣事，讲起耗子和老鼠的世仇：在蓝田镇的地下，在幽暗之地，生活着一群耗子。他们个头比老鼠大几倍，有着尖利的牙齿、锋利的爪子，食量也是老鼠的几倍。原先耗子和老鼠生活在一起，但因为一起绑架事件，耗子被驱逐到黑暗的乌漆镇……青出讲故事时仿佛变了一个人，眉头舒展，周身似乎都散发着光，让原本单调的旅途变得多姿多彩。

突然，船像喷泉一样扶摇而上，一阵眩晕之后，他们上升到一片海域，平稳，无风。一扇门赫然悬于海浪之上，门上的铜环晶莹闪烁。与蓝按下按钮，保护罩打开，潜水艇模式瞬间变成了帆船模式。与蓝望着铜环，凝思片刻，说道："青出，我们要一起念出上面的文字。"

与蓝的语气不容置疑。青出虽然疑惑，但还是朗声念道：

无中生有　生生不息

门开了，光铺天盖地洒过来。青出赶紧闭上了眼睛，一圈圈光晕在眼皮上散开，让人感到温暖而舒适。

"哇！多美哟！"豆儿赞叹道。青出睁开了眼，这下，他的目光都不知道安放在哪儿了。海水共碧天一色，翡翠海豚时不时跃出海面。

"这里美得就像……一道美食！"阿柿站立在船头，迎面吹来的风，让他的胡须有些发痒，"豆儿，我饿了，我想吃你昨天给我的紫米糕了。"见豆儿不答，阿柿四顾寻找，哪儿有豆儿的影子？他忙叫起来："不好啦！豆儿不见啦！"就在大家手忙脚乱时，豆儿湿漉漉地趴在了船舷上。

"哎，我说，你们真应该下去游一游。在海底有一群群的翡翠海豚。与蓝，快去啊，我可是教过你游泳的啊！"阳光下，豆儿的黑色皮毛闪闪发亮。看大家都没有动静，豆儿爬上了船，坐在船舷上，俯身又吻了吻翡翠海豚。"一群胆小鬼！等我老了，我就可以搂着我的小孙女，讲她奶奶在幻海里游过泳，在翡翠海豚的背上唱过歌……"豆儿的脸上现出了向往的神色。

阿柿仰面躺着，肚皮在阳光下泛着油光，懒懒地说道："我可以告诉我孙子——你爷爷吃遍了天下美食！"

与蓝贪婪地呼吸着腥咸的海风，就像回到了家一样。

他们好像并不着急赶路，船漂到哪里就是哪里。吃完面包后，他们鼓着圆圆的肚皮晒太阳，晒着晒着，眼睛就都闭了起来，沉入了梦乡。

幻海轻轻地摇动着小船。翡翠海豚时不时地跃出水面，为他们唱着摇篮曲。这一觉睡得格外久。

醒来，他们却发现自己不在船上。

他们四个紧紧地挨着坐在一起，想动一动，却很难。奇怪的是，并没有绳子绑住他们。青出艰难地挪动了一下，这种被束缚的感觉，让他想要大叫，可喉咙干得发痛，更奇怪的是，他总觉得有什么东西在注视着他。

他揉了揉眼睛，想要看清楚置身的环境如何。

这是在一座岛上，四周长满了枫树，满树金黄，微风拂过，叶子随风摇曳，绚如日光，可灿烂中却有一种金蛇般的凉意。

这美并没有缓解青出的紧张，他分明感受到了目光的逼视。突然，风起叶落，地上铺了层层叠叠的金黄。一条巨大的蛇应声而落，赤红如焰，目光如闪电般直射过来，令人不敢直视。

蛇，有两个头。一个头美艳如枫，一个头丑陋似蟾。两头高抬，朗目而视。

青出似乎要被蛇的目光灼烧了，他不安地扭来扭去，想要叫醒与蓝他们，可任凭他怎么摇晃，他们都昏睡不醒。

"我是委蛇。"

"我是委蛇。"

一声甜美，一声苍老，异口同声，然而嘴巴都不动。

"你来幻海寻找什么？"

"自由。"奇怪的是，青出也并没有张嘴，却发出了声音。

没有回答。枫叶声沙沙如歌。

"自由是什么？"甜美的声音问。

"自由是想做什么就做什么。"

苍老的声音一声冷笑："那不是自由。"

青出的脊背一阵发凉。

风起，叶落，委蛇消失不见。青出立刻觉得身上的绳子松了，喉咙发干的感觉已经没了。他揉了揉眼睛，摇醒了与蓝。

"与蓝，与蓝！刚才我看到一条双头蛇，名叫委蛇，好吓人！"青出摇醒了与蓝。

"委蛇是幻海的守卫者。任何闯入幻海的人，都要受到她们的盘问；不能进入幻海的人将被驱逐出去。"

"那什么样的人才能进入？"

"拥有想象力的人，"与蓝收拾好背包，又去摇阿柿和豆儿,"可以给幻海带来生机的人。"

阿柿不情愿地醒来:"等等,我正在梦里吃糖醋鱼呢,为什么不能让我先吃完……"

他们蹒跚着上路,踩过枫叶,沙沙有声。青出的心稍稍安定下来,但是始终觉得委蛇的目光还在他身上,如影随形。

枫树林大得无边。他们走至中央时,林子静得可怕。青出心里慌得厉害,嘴里不停地发出"吱吱"的声音,与蓝赶紧握住他的手。他们走了好久,终于看见两条路蜿蜒而来:一条宽阔平坦,金砖铺就;另一条狭窄如羊肠,落叶间隙处露出泥泞,还能看见几处鸟兽的脚印。

到底该走哪条路?

伫立良久,阿柿和豆儿执意要走大路,大路宽敞,少有落叶,必定是走得多的缘故。

与蓝望向青出。

青出闭上眼睛,大路看起来宽阔,少些凶险。但直觉告诉他,应该选少有人走的那条路。但是万一他选错了呢?万一他把大家带向了险境呢?要知道,那几处脚印,就像一只巨鹰留下的。

汗从青出的脸上滴下。他开始发抖,眉头皱在一起,嘴里又开始发出"吱吱"声。与蓝抓紧了他的手,给了他力量。

"走小路。"

路渐渐逼仄,突然直直地折入黑莓刺丛。豆儿身形灵巧,很容易从刺丛的间隙处穿过。青出的手脚都被扎破了,沁出了殷红的血。他忍着痛,想起每次受伤时妈妈总是安慰他,细心地帮他包扎。可是,他现在只能忍住。

"我不走了!"阿柿说着,退回黑莓刺丛的边缘,他的旁边站着抽抽搭搭的豆儿。连身形灵巧的豆儿的腿上也都是伤,阿柿的大肚子上有一道道殷红的血印。

太阳日渐西斜,为枫树林的边缘镀上了一层金光。枫树紧紧地挨着,没有露出一点儿缝隙。眼前只有这条被黑莓刺丛遮盖的小路。

如果太阳落下去了,他们还被困在这里,该怎么办?青出着急了,他催促道:"快走!"

阿柿一屁股坐在地上,埋怨道:"都怪你选了这条路,如果走那条路,我们早就走出这片该死的枫树林了。"

"不走就不走!你们就在这儿等野兽过来吃掉你们吧!"青出生气极了,他大步往前走,跌跌跄跄。"都是你们让我选择，选错了就怪我，蜗牛苍蝇脚无敌讨厌！"他在心里咆哮着。他故意不回头，就算他知道大家并没有跟在后面，他也决意不回头。

"青出，等等我们！"与蓝一手搀着豆儿，一手扶着阿柿，急切地唤着青出。

"没了你们，我更自由。"青出心里想着，故意走得更快，"真想甩下他们，这样想做什么就做什么。还有讨厌的与蓝，明明他对幻海那么熟悉，为什么他不当领队，偏偏让我当？这不就是要让我出丑吗！"

豆儿的哭泣声震着他的耳膜，搅得他心烦意乱。他觉得那几道目光似乎粘在了他的背上，随着他的离开扯出黏稠的丝。他终于放心不下，回头看到与蓝正搀扶着豆儿和阿柿艰难地走着。他叹了口气，忍着痛，穿过黑莓刺丛，扶着阿柿小心翼翼地穿过长长的黑莓刺丛。他的脚踝处又多了几道划痕。

太阳快要落下来了。

大家都不自觉地加快了脚步，终于走出了黑莓刺丛。青出心里很怕，身子不停地发抖。

枫树的影子被拉得老长，纵横交错。一棵枫树伸出了手，张着令人恐惧的大嘴。青出吓得尖叫起来，奇怪的是，他的声音被枫树林吸收了。顷刻，那棵枫树阴沉地笑了，所有的枫树都在笑。

青出剧烈地抖动着。与蓝跑过来，牵着他的手，说："别怕！别怕！"青出听不到与蓝的声音，但与蓝的手让他感觉到安心。他牵着与蓝，与蓝牵着阿柿，阿柿拉着豆儿，他们就这样不停地跑啊，跑啊……

不知道跑了多久，他们看到了海。幽蓝的海张开宽广的怀抱在等着他们。海边，泊着他们的船。

他们踏上了船。他们的手还握在一起，心跳慢了下来。与蓝对大家说："刚才的岛是手岛，青出通过了考验，可以真正进入幻海了。刚才青出选的路是对的，要是选择了大路，我们就会在岛上绕来绕去，找不到出去的路。"

"去手岛之前的海不是幻海吗？"青出问。

"那是外海。地图上，幻海有五座大岛，我们现在所处的是手岛和心成岛之间的区域。"

青出很累，他无心再思考了，听着听着就伴着阿柿的鼾声睡着了。只有与蓝，贪婪地呼吸着幻海腥咸的海风，仿佛有一种回家的感觉。慢慢地，他也沉入了梦乡。

再醒来，已是夜凉如水，繁星满天。

无数双眼睛盯着他们呢！

"不要怕！孩子们，欢迎你们来到吉纳族。"声音像波浪一样此起彼伏。黝黑的眼睛里，闪着快活的光。

与蓝伸出手,在空中画起了波浪。这是幻海民族常见的问候礼。

"尊敬的吉纳族,可否让我们在此借宿一宿?"

那无数的身影立马连在一起,伸开双臂,波浪一样起伏着——这是他们在向与蓝回礼呢。

"孩子们,你们想住多久就住多久!"

与蓝深深地鞠了一躬。

那些身影,像海豚一样舞动起来,唱着从时间源头传过来的歌谣。没人听得懂歌词,但听了莫名地既高兴又忧伤起来。

听着听着,他们又睡着了。

幻海的清晨,海豚清亮的叫声把青出叫醒了。

山一般庞大的太阳浸在海里。那些长发如黑色瀑布一样的吉纳族女人正围着太阳工作。她们在给太阳洗澡,用水母一样的刷子把太阳刷得明晃晃的。她们神情安详快乐,就像在给自己的孩子洗澡。吉纳族的男人们,赤裸着上身,穿着鱼鳞做成的短裤,正撑船捕鱼,船如羽毛般浮在海上。

太阳伸了伸懒腰,赖在水里不大想出来。吉纳族的男人们围在太阳旁边,喊着号子,齐齐地把太阳托举起来:

吉纳吉纳，

太阳落下。

吉纳吉纳，

太阳升起。

落下升起，

生生不息。

古老悠长的调子哟！

太阳挣扎了一下，总算不情愿地跃出了水面。吉纳族的男人女人们都跳进水里，手拉着手，朝着太阳跳起波浪舞来。女人的长发犹如黑色的瀑布，倾斜到金色的水面上，男人赤红色的手臂连起来，仿佛红色的波浪，晃得青出睁不开眼。

与蓝、阿柿和豆儿也早就醒了，他们静静地看着，没发出一点儿声音。

"孩子们，你们醒了？"一个头发金黄的吉纳族老人在不远处朝他们打招呼。老人脸上的皱纹很深，与蓝觉得，他都可以顺着皱纹爬上老人的头发。

吉纳族老人向他们伸出手："要不要到我的竹筏上来喝早茶？"

阿柿蠢蠢欲动，要知道他早就厌倦了吃冷面包。他正想过去,但又转身看了与蓝一眼。与蓝迟疑了一会儿,伸出手做出画波浪的动作。阿柿他们也赶紧效仿,原来这是表示感谢的意思。

老人轻摇着橹,竹筏瞬间就漂到了他们身边。老人伸出手,他们就爬上了老人的手,老人把他们放在竹筏上。这竹筏对他们来说非常宽敞。老人在桌子上给他们摆了一套小小的餐具——小杯子、小碗、小勺子,就像为他们定做的一样呢!

"我遇到过一些像你们这样的小人儿,所以我一直保留着一套小小的餐具,我就知道有一天还能用到。"老人请大家坐下。

青出心里纳闷:为什么老人把他们称为小人儿?正要问时,他突然想起来:对身形伟岸的吉纳族人来说,他们可不就是小人儿吗?他为自己的发现兴高采烈,手舞足蹈,还在地上打起了滚,摔碎了一个茶杯。

大家都觉得青出有些莫名其妙。与蓝很抱歉地看着老人。

老人倒不介意,朗声笑了起来,脸上的皱纹一圈圈地漾了开去:"好有意思的小人儿朋友。你们猜猜,我有多少岁了?"

"一百岁?"阿柿问。

老人摇摇头，爽朗地笑道："哈哈……我有五千岁了。"

老人好像想起了非常久远的事情，幽幽地说道："你们听过'海神擎日'的故事吗？"

"我听过！"青出叫道，"我在语文课上背过！'尝于舟中见日初出海门时，有一人通身皆赤，眼色纯碧，头顶大日轮而上，日渐高，人渐小……'①"

老人向青出投来赞赏的一瞥："人类以为我们是海神，其实我们吉纳族只是太阳的子民罢了，终生侍奉太阳。"他抿了一口茶，幽幽道来："上次我拿出这套茶具已经是几百年前的事了。我们呀，算是幻海里的长寿一族。那时，幻海进入了新一轮的循环，天地混沌一片，我们忘记了山川、海洋、星辰的名字，随波逐流。直到有一天，我们遇到了一个鹰身人面的人，他的名字叫'长鹰'。"说这两个字时，老人的脸上显出端正庄严的神色，好像在称呼什么神圣的事物。老人接着说："他的身边跟着一个小人儿。我们遇到他们时，他们正要去往昔岛……后来，长鹰成为新一任梦者，如蜘蛛织网般，织出词语，为万事万物命名。六合之间，四海之内，照之以日月，经之以星辰，纪之以四时，开启一个新的幻海纪。"

---

① 语出自南宋周密《癸辛杂识·续集上·海神擎日》。

"长鹰？这个名字好熟悉啊。"与蓝陷入了沉思，好像在哪里听过这个名字，但怎么也记不起来了。一些模模糊糊的影像又在他的心里盘旋。

"往昔岛？你知道往昔岛在哪里？你去过吗？"青出跳了起来。

"很遗憾，孩子，我不知道。"老人给每一位客人都倒了一杯蓝莹莹的茶。阿柿一口倒进了嘴里，什么味道也没尝到。他眼馋地看着老人。老人又给他斟了一杯。这下，他细细地品尝了，这茶开始有点苦涩，但是越喝越甜蜜。

与蓝也轻轻地呷了一口，脑海里立马浮现一幅画面。那是一幅多么美的画面啊！

"与蓝——"好像是妈妈的呼唤。他就从碧蓝的海水里升起。

"与蓝——"

好像这声呼唤让海水汇聚，升至半空。他坐在海浪之巅，欣欣然地睁开眼睛，第一次打量着这个世界。一个鹰身人面的人微笑着注视他。海水荡漾着，翡翠海豚围绕着他歌唱。在岸上，有很多朋友面带微笑地看着他。他们都不一样，形形色色的，有会飞的老鼠、会唱歌的兔子、双头的鱼、长脚的蛇……他们都朝着他笑……

与蓝又喝了一口茶，望着幽蓝的海。

"来，尝尝这个！这是翡翠海豚的眼泪。"老人也给自己倒了一杯，"喝了，你就会想起那些被你忘记的故事。那些被忘记的故事，并没有真正被忘记。"老人指向远处的冰山，继续说道："我们记住的就像我们看到的，只是冰山一角。幻海每过一段时间就会经历一次重启，所有事物都归于遗忘和泡沫，就连梦者也是。我们每天喝这茶，为的是保留我们的记忆。"

"你们是长生之族吗？"阿柿问。

"没有什么会永远长存。当幻海经历大重启时，我们也会化为泡沫。"老人的面容慈祥平静。

晚饭后，他们听老人唱了许久的幻海古歌。夜色深了，他们就在老人的竹筏上留宿。海面波光粼粼，竹筏如摇篮般晃晃悠悠，大家很快就沉入了梦乡，只有与蓝辗转反侧，他干脆起来。幻海的夜幕空旷深邃，他立在筏上，沉默不语。

"还没睡啊？"老人站在与蓝身后。

老人也望着幽蓝的夜空。星空下，他的身体在海面上投下长长的影子。

"你是从幻海里走出来的。第一眼看到你，我就知道了。你跟你的同伴不一样。"老人娓娓道来，"幻海是人类的幻想之源。幻海的中心是心成岛。心成岛上住着伟大的梦者。心成岛的梦者能编织和指引梦境。只有梦者拥有至高无上的命名的能力。"

"命名?"与蓝问道。

"命名,就是给予名字。当心成岛的梦者对着幻海叫出各种名字时,岛屿重新从幻海升起,星辰各就其位,幻想朋友从幻海诞生,聚集于心成岛上。梦者还会编织梦境,他能为人类编织各样的梦。当幻想朋友在梦里被一个人选中,他也同时选中了那个人时,他就拥有了一个人类朋友。幻海之门打开,他就进入了人类世界。"

以前的回忆又如潮汐般涌上心头。

"那……幻想朋友是真的吗?"与蓝目光灼灼地望着老人。他在人类世界,常常听到人们说,幻想都是假的。

"孩子!"老人朗声笑道,"什么是真?难道你现在不是真的站在我面前吗?难道你不是可以哭,可以笑,有自己的梦想与追求吗?难道这还不是真的吗?"

与蓝的心安定了。他又问道:"那阿柿是真的吗?"

"你们之间拥有故事,他对你就是真的。

"幻想朋友是联系幻海和人的纽带。幻想朋友诞生后,就会出现在人类孩子的梦境里。如果哪个人类孩子挑选了他,而他也正好喜欢那个孩子,在他们互相叫出对方名字的那一刻,就签署了契约。

"契约,就是一份承诺,互相陪伴一段岁月。人类朋友需要幻想朋友来陪伴,幻想朋友需要从人类朋友那里吸取新的故事,为幻海带来生机。"

看着老人平静的目光,与蓝的心彻底平静下来。

月光静静地照下来,两个人的影子被拉得很长,就像两条长长的海带随波摇曳。

"那为什么幻想朋友会被遗忘?是因为时间吗?"与蓝望着影子,幽幽地问。

老人摇摇头:"我们从一朵花的开放与凋谢中感受到时间,我们从一个人的出生与成长中感受到时间;不是时间产生了变化,而是变化让我们感知了时间的流逝。时间只是变化的另外一个名字。生命就是变化的,它会有,也会无,它会归于遗忘、无名和混沌,又会在混沌中留有重启的希望。"

冷风吹来,与蓝打了一个寒战。一阵风吹来,影子舞动起来,显得愈发幽暗神秘了。

"那遗忘是不好的吗?"不知为什么,与蓝的眼睛突然湿润了。

"孩子,等你长到我这么大,就明白了,事情很难用好和不好界定。你我都是从混沌里出生的,就连赋予你名字的心成岛的梦者长鹰也是从混沌里出生的。"

与蓝想起了那个画面,他从海水里升起,蓝天之下,一个鹰身人面的人温柔地注视着他。

"长鹰也很老了,我上次见到他,已经是四百多年前的事了。"老人抬头望了一眼月亮,悠悠地说,"从我出生到现在,我见过十个梦者了,每经历五百年,幻海就要经历一场劫难与重生。"

"幻海的一年和人类世界的一年是一样的吗?"与蓝问。

"幻海有自己的纪年,但是会受到人类世界意念的影响。幻海的时间不是匀速的。"

"你说的大重启是什么意思?"

"如果没有及时找到继任的梦者为幻海重新命名,幻海就要经历大重启。"

"那时,你们都要化为泡沫吗?"

老人笑了笑,继续说道:"孩子,自然每天都在失去,不发一语,有生有灭,有遗忘有显现,就像幻海的两极,保持着幻海的平衡。"

他们又在吉纳族人中间住了几天。他们随着吉纳族人随波逐流,就像大海上的浮萍一样。他们追逐着太阳和鱼群,白天捕鱼,夜晚在星空之下欢唱。

幻海海盗

无涯无底的彩色海洋。"青出与蓝"号就好像一只掉进了彩色的颜料盆里的小甲虫。

临别时，吉纳族老人送给他们很多幻海币，以便在诸岛屿之间周转，买些食物补给。两天之后，他们到达了这片彩色海洋。与蓝看了地图，他们现在所处的海域应该是幻想海。这是幻海最大的海域，整个海域里只有一两座岛屿。

据吉纳族老人说，这是幻海海盗经常出没的地带。作别吉纳族人后，他们决定把船涂成海蓝色，把帆涂成天蓝色。这样，就不引人注目了。

可是谁也没有想到，这片海洋竟然是彩色的。无边无际的彩色海洋中，蓝色的船十分显眼。所以与蓝心里的弦始终紧绷着，他不说不笑，眼睛只注视着前方，耳朵聆听着一切动静。

然而两天过去了，除了暴风雨，别无他物。

这是他们在幻海经历的第一场暴风雨。当狂风卷着拳头大的雨点砸下来时，大家只惊慌了一下，随即就镇定下来，齐齐地看着与蓝。

可与蓝只是紧紧地抓住船舷，并没有其他的举动。

"喂，与蓝，快启动暴风雨模式啊！把船体合拢，快！"阿柿终于忍不住叫道。

与蓝摇摇头说:"这艘船没有暴风雨模式,我……我没有想到。"

"不可能啊,你不是说这艘船有很多功能吗?你别开玩笑了。"水顺着阿柿的脑袋浇下来,他的眼睛都睁不开了。

"真的没有。"与蓝十分肯定地摇了摇头。

"不是有潜水模式吗?快把船舱合拢!"

"潜水模式只在有很大水压的情况下,才——"

与蓝话还没说完,一道海浪打过来,船瞬间就被打翻了。豆儿在水里非常敏捷,她捞上来很多吃的东西。与蓝和阿柿拖着青出,雨斜斜地砸下来,青出冻得脸都发青了。

幸亏阿柿是一只气功鼠,他把自己变成了一艘"皮艇"。青出不会游泳,就坐在"皮艇"上面。与蓝和豆儿边游边推着"皮艇",他们不知道游了多久,浑身都没有知觉了,只知道往前游,不能停。

苍茫之中,他们看到一座小岛,奋力地游过去。踏上岸的一刹那,他们都累晕了过去。

与蓝再醒来时,已是晚上,只见青出坐在一堆火前,树枝上串着豆儿抢救回来的香肠;再细看时,青出脸上、身上都是黑乎乎的,手上还流着血。

"青出，你的手怎么了？"与蓝关切地问。

"我刚去岛上找柴火的时候，被一条蛇咬了。"

"不会有毒吧？"与蓝的眼睛红红的，他仔细检查着青出的手，看了好几遍，看不出有什么异样，这才放下心来。

与蓝望着青出，说："我不应该把你带来。也许，我们根本就不该来幻海，是我害了大家。"说着，与蓝伏在地上哭了起来。

青出试着用手去拍与蓝的肩膀，但是他不习惯有亲密的肢体接触，又把手缩回来："你是为了我才来幻海的。我从不后悔来幻海。这些日子，我从来不觉得自己变小了，我觉得有种东西在我心里变得很大很大。书上不是说嘛，男孩不经历一场冒险，就不会长大。我想，我正在长大。"

与蓝抬起头，望着青出。

"你很久没有说'蜗牛苍蝇脚无敌讨厌'了！"

"是啊，我自己也发现了。"青出说。

"青出独一无二！"与蓝伸出手要与青出击掌。

青出响亮地回击道："与蓝举世无双！"

力量仿佛从对方身体里流过来，他们都觉得身体暖了起来。

阿柿他们也终于被香肠的香味唤醒。天空像一块湛蓝的天鹅绒缎子，点缀着几颗金色的星星。他们美美吃了一顿后，又开始枕着胳膊，谈天说地起来。这就是孩子，他们不会为明天发愁，也无须为昨天而叹气，他们永远兴致勃勃地活在当下。

　　不过这勃勃兴致很快就用光了。他们终于认清了一个现实：他们被困在这座孤岛上了。食物早就吃光了，他们只得吃酸得掉牙的果子，甚至吃树皮。青出以前挑三拣四，现在一颗酸果子对他来说，简直就是美味。他开始怀念妈妈做的早餐，如果能顺利回去，他一定能一口把煎蛋吃光，也不会赌气把那道"蚂蚁上树"浪费掉。

　　岛上长满了一种红色的树，树上挂满了红铃铛。这树皮一剥开，就会流出红色的汁液，喝起来很苦，但他们也管不了那么多了。低处的树皮已经被剥光，青出不得不学会了爬树。阿柿已经瘦得缩了好几圈。豆儿看着倒还开心，因为再也不用担心减肥了。与蓝瘦得像一张随意勾勒的素描轮廓图，随时随地都可能被风刮走。与蓝走到哪里，青出就要跟到哪里，生怕一转眼，与蓝就被吹走了。

　　夕阳西下，霞光满天。

　　青出和与蓝并排坐在岩石上。看着与蓝一天一天

"枯萎"下去，青出流下了眼泪。

"我不要你离开我，与蓝。"

"我终究会离开你的，青出，你知道的。"与蓝说得很慢，"总有一天，我们会分开的。你会慢慢长大，总有一天，你会忘记我。如果你不再需要我，我就只能被遣送到往昔岛去。"

"我会长大，但我绝对不会变成那样的大人。我会永远记得你，我们会做一辈子的好朋友。"青出握紧了与蓝的手。青出的手心温暖，有些潮湿。

"来吧，"青出伸出拳头，"青出独一无二！"

"与蓝举世无双！"与蓝也送出拳头，尽力抬高了音量说道。

青出一扭头，望见远方有一艘黄色的船！青出激动地跳了起来，眼里闪着兴奋的光。

"我们有救了！船！"青出叫道。阿柿和豆儿也激动地又喊又跳。

与蓝用望远镜一看，脸色又突然变得铁青。

"怎么了？"

"是幻海海盗！"

大家一屁股坐在地上。海盗船很大，上面的骷髅标志赫然在目。大家都看着青出。青出不习惯做决定，他一个人自在惯了。他把目光投向与蓝。与蓝不语。青出站在岩石上，海风冷冷地吹着他。他思考了一刻钟，如果错过了这艘船，与蓝就会有生命危险，于是他果断地说："现在我们要生起一堆火，烟越大越好！"青出的语气不容置疑。

"你疯了？他们是海盗啊！你这不是自投罗网吗？"阿柿的眼珠子都要掉出来了。

"不然我们就会被饿死！快点行动啊！"青出叫道。

与想象的不一样，他们不是被押上船的，而是被请上船的。那些传说中威风凛凛的海盗，竟然有着小孩子的面容和神情，不过手倒是苍老的，就好像一棵干枯的老树上开出了新鲜的花朵。

与蓝一行人被带到餐厅，桌子上已经摆满了好酒好菜。阿柿的口水止不住地流。海盗们见他们坐定，就鞠躬转身离开了，还关上了门。

真是一群善解人意的海盗呀！

青出他们完全不顾形象，拜倒在美味面前！阿柿甚至连盘子都舔得干干净净。谁还能指望饿了十几天的他们吃饭有个正经样？

吃完后，他们才担心起来：

这饭会不会有毒？

海盗会不会故意让他们吃饱，好吃掉他们？

担心是有的，但随后他们都沉浸在吃饱的幸福中，懒洋洋的。善解人意的海盗还让他们睡了几个小时。

霞光初绽，他们终于醒了。两个海盗进来，领他们去见海盗头领——古木森。人不如其名，古木森不仅不像古木般高大，而且是海盗当中个子最小的。他是一个树人，细眉细眼，说话时总是斜觑着。与蓝他们后来才知道，当古木森斜视的时候说明他正注视着你，反而当他正正地看你时，他根本没有在看你。古木森生来斜视，从小就遭到别人的欺负。他被遣送回幻海时，就立志要摆脱宿命。他把遣送他的船员推到海里，一个人站在船上，望着苍茫的大海，暗暗发誓，他要成为幻海最强的海盗。这些年，他经历无数艰辛，卧薪尝胆，披荆斩棘，终于把其他海盗全都收服，成为赫赫有名的幻海海盗头目。

"请坐。欢迎你们来到'幻想号'。我是古木森船长。"他伸出枯枝般的手来，和他们一一握手。

"各位，现在把你们的故事给我留下！"他站在宝座上，威风凛凛地说。

"这才像海盗嘛！"青出想。

"你们谁先讲？"他声音沙哑，隐隐透着不容置疑的威严。

大家你看我,我看你,都不说话。

"那就从那个最胖的开始讲吧。"他指了指阿柿,"每天一个人,把其他人押去牢房。开始吧!"

阿柿不是一个讲故事的高手,他讲的故事断断续续,大都是关于吃的。海盗们都听得昏昏欲睡,只有古木森还在聚精会神地听。

好不容易讲完一个故事,阿柿出了一头汗。

"不行,你的故事还没讲完。记着,我们是海盗。海盗就是要把你的'财宝'抢劫一空的。继续讲!"

阿柿挤牙膏一样又挤出了一个故事。一直熬到星辰满天,他才被放回去。临睡时,阿柿突然大哭起来:"我觉得我好像被掏空了。我不知道我从哪里来,我忘了我的过去……我不知道我到底是谁了……"乐观的阿柿很少如此悲戚。

与蓝拍拍阿柿的肩膀:"阿柿,不要怕,我们还有你的故事呢。"与蓝给阿柿讲阿柿是一只气功鼠,讲他们是如何相遇的,讲他们在蓝田学院度过的美妙日子。阿柿就像听别人的故事一样兴趣盎然。

"在我遇到你以前,我是谁呢?"阿柿问。

"这个我最有发言权!"青出得意地说。青出又把

阿柿小时候的故事一一讲来，着重讲了阿柿练气功时的趣事。

"阿柿，你小时候练功不努力，总贪吃。你爸爸教了你很多遍，你都鼓不起肚子。有一次，你们土族为娃娃鼠举行鼓肚子周年礼。你为了赢得比赛，偷偷吃了很多，结果那天你的肚子最大，不过不是鼓大的，而是撑大的。你后来长得越来越胖，你爸爸不想让你吃那么多，就把厨房上了锁，免得你半夜去偷吃。但这样也难不倒你！你猜你怎么做的？"

"快说呀！聪明的我是怎么做到的？"阿柿迫不及待地想听下文。

"你气功不行，但是钻地道的本领可是一流的。钻地道是你们土族老鼠的另一项能力，只不过你爸爸不擅长此道，从来不教你，没想到你为了吃，无师自通。你挖了一条秘密通道，每天等你爸爸睡着之后，就偷偷溜到厨房，大快朵颐。为了迷惑你爸爸，你每天还是喊饿。你爸爸还纳闷：这孩子，怎么喝水都会胖呢？"

大家都笑了。阿柿又问："那我是怎么学会气功的呢？"

"一急之下。"青出故意卖关子，一会儿要喝水，一会儿说背有点痛，阿柿一会儿端茶，一会儿捶背。

"有一天，你在悬崖旁玩，看到一个小女孩失足掉下去。你一着急，居然肚子鼓成圆球，飞身下去，拉住小女孩。小女孩就这样免费乘了一次热气球！"

"哇！英雄啊！"豆儿鼓掌道。

阿柿还有些不好意思。过了一会儿，他又问："那……那我现在还会钻地道和气功吗？"

"研究发现，一个人就算失去记忆，也不会失去技艺。这些都是肌肉记忆，你不会忘的。"青出说。

"忘没忘，试试不就知道了？"与蓝说。话音还没落，阿柿已经钻到地下，只露出一条尾巴了。

"大家也把各自的故事讲一讲吧。如果谁忘了，记住的人就讲给他听。"与蓝说。当天晚上，大家一直讲啊讲，直到东方既白。

第二天，轮到豆儿讲故事了。古木森船长看起来容光焕发，他的背挺得更直了，手上的皱纹也少了很多，恰如枯木逢春，头上的枝干抽出鹅黄的嫩芽，说话的语调甚是轻快。

"现在有请这位美丽的小姐讲了。"

豆儿是一个讲故事的高手。她讲起自己最初练游泳时，怎样被人嘲笑，而自己的爸爸妈妈一直鼓励自己。古木森听得眼泪都流下来了。他满足地坐在宝座上，轻轻地叹息道:"故事就是光,照亮我们的道路。故事就是盐,没有了故事,人生就失去味道了啊!"

最后一天轮到青出讲故事,这次,与蓝也被押了上来。这时的古木森似乎是一个婴孩了,走路一跳一跳的,原先枯萎的树皮变得鲜嫩有光泽,树枝上叶子繁茂,头上开满了鲜花。青出讲起他和与蓝的故事。古木森对这个故事最感兴趣,反应也最为强烈。青出讲到他要和与蓝永远在一起时,古木森突然从椅子上跳下来,暴跳如雷:"骗人的,骗人的!人类是最不可相信的!"他抓住与蓝的领子使劲地扯着:"他总有一天会忘记你的!就像……"

他掩面呜呜地哭了起来。

"就像我的白云中,他跟我做了十几年的朋友。古木森和白云中,我们就是天生一对。我在幻海,谁都不喜欢我,也没有一个人类朋友愿意认领我。直到我遇到了白云中,他也是一个受气包,大家笑他是一个'白化鬼'……我们在一起,度过了多么美好的时光啊……白云中和古木森……"他的脸因为痛苦抽搐着,"可是他还是忘了我,抛弃了我,再没来找过我……"

他痛苦地呜咽着,像个找不到家的孩子:"我就要被遣送到往昔岛时,大家都哭哭啼啼,我一直没哭,因为我想，我的白云中一定会来找我。我每天都要把我和白云中的故事想好几遍。我告诉自己，我绝对不能忘记。可当船驶向遗忘海的时候，我开始遗忘。我开始变得混混沌沌。我拒绝吃他们给我们准备的水，因为那水会让我们遗忘。就这样，我饿得皮包骨头。我不知道我为什么能坚持那么久，我想支撑我的，就是白云中。我一直坚信他会来救我……"他的眼里突然掠过一抹凌厉的阴影，整个脸因为愤怒而变得扭曲起来："可是，直到我踏上往昔岛的土地时，我才意识到，一切都是我痴心妄想！"

"痴心妄想！"他咬牙切齿地说，"一切都是假的！我不能依靠那些人类朋友！说什么契约，说什么永不忘记！那些喜新厌旧的人类朋友终究会把我们忘记，把我们像垃圾一样丢掉！于是，我发誓我要成为一名海盗，抢光所有人的故事，让你们都遗忘！遗忘！遗忘！"

他转向与蓝，揪住与蓝的衣领，狂笑起来："所有的故事已经被我抢劫一空。忘记了过去，就忘记了一切。从这个房间走出去后，你的青出再也记不起你了。哈哈哈……"

"你们已经抢劫了我们的故事，我们已经没有用处了。请放了我们吧！"与蓝央求道。

"怎么能这么便宜你们?没有了记忆,过不了几天,你们就会变成木头,变成我的海盗船的一部分!哈哈哈!"

他狂笑着,把摆在一旁的椅子扔得到处都是……

长鹰梦者

"幻想号"海盗船已经消失在天际。举目所望，尽是苍凉宽阔的海洋。天气突然恶劣起来，两天两夜，尽是逆向的风。

"再见了！海盗们！"豆儿望着天际的一个黑点，叫道。

"再也不见！海盗们！"阿柿挥动着双手。

古木森以为他们已经失去了记忆，如同行走的木头一般，就疏于防范。有天晚上，容光焕发的古木森举行了一场派对，海盗们在甲板上又是唱，又是跳，喝得酩酊大醉。来自土族的阿柿深谙钻洞之术，在被关起来的时候，他每天晚上钻一段，终于在那晚钻出牢房，打开牢门，救出了青出他们。趁海盗们醉得东倒西歪，他们小心地溜到船尾，偷了一艘救生船，奋力划了一夜，四肢疲累。

海盗船从他们的视野中渐渐消失，与蓝的心里五味杂陈。本来从古木森手里逃脱，与蓝应该感到轻松，可是他心里总是浮现古木森痛苦的脸。

青出拿出幻海地图。他们现在所处的海域是稚气海。稚气海变化多端，一会儿风平浪静，一会儿波浪滔天。这里潜伏着各种各样的海怪，但要去往昔岛，就必须经过这里。

大家都奋力地划着小船。突然像是被什么托上来似的，船急速回旋，接着船舱忽然朝下倾斜。豆儿差点掉下去，幸亏被阿柿及时抓住。他们再往下看时，下方却如黑洞一般。船在天上航行，长着翅膀的鱼在他们上空飞翔。巨大的水草直直地垂下来，在风中摇曳。

"大家都抓紧船舷，千万不要掉下去了。"青出提醒大家。

谁知他话还没说完，突然天旋海转，他们又落到了海面上。大家都精神紧张，全力以赴，没有人敢放松，天知道下一刻会发生什么。

可说来奇怪，接下来顺风顺水。稚气海非常平静，就好像一个淘气的孩子，玩累了，睡着了。他们远远地看见一座小岛，银光闪闪的。他们决定上去好好睡一觉。岛上长满了一种银色的树，长长的藤蔓垂下来，藤蔓上挂满了一个个光着屁股的小娃娃。小娃娃皮肤透明，肉嘟嘟的，手臂上、腿上都是粉粉的褶皱。他们一看见人过来，就蜜蜂一般嗡嗡嘤嘤地说起话来。

豆儿走近去，伸手摘了一个娃娃，想要带回家。谁知娃娃刚离开藤蔓，就哇哇地哭了起来，越哭身体越小，最后化成了一汪眼泪。其他的娃娃们见状，也都哭了起来：

露水一样的
娃娃啊，
一哭就变成
露水的娃娃呀！

豆儿听着听着，觉得悲伤，俯下身子，也"吱吱"哭了起来。

"一哭就变成露水的娃娃呀，吃点东西就不哭了呀！"阿柿随口唱着，从包里翻出面包，分给大家。吃了面包，大家就躺下休息。一躺下，他们就睡着了。毕竟在稚气海的航行，耗费了他们太多的精力。虽然没有遇到恶龙，但他们随时都要担心船被托到天上。

"呀呀呀，呀呀呀……"

青出睁开眼睛，发现那些娃娃们都围在他们旁边，围了好几圈。一个娃娃还用手在挠阿柿的脚心。阿柿转了个身，呼噜打得震天响，吓得娃娃们直往藤蔓上挂。

"呀呀呀，呀呀呀……"一个娃娃壮着胆子走到青出的面前，用手指着自己的肚子，脸上露出很痛苦的表情。青出一看，娃娃的肚子又大又硬，再一看，所有娃娃都挺着大肚子，脸痛苦地扭曲着。他转身一看，呀！他们带的粮食已经所剩无几，看来都被这群"贪心贼"

吃了。幻海苍苍茫茫，一望无际，没有了粮食，可怎么办呢？青出的眉头蹙得更紧了。

小娃娃们全都围拢来，天真地望着他。青出纵有一腔怒气，也发不出来了。他们全都指着自己胖嘟嘟的小肚子，似乎是告诉青出他们吃多了，吃坏了肚子。他一个一个地帮他们按摩肚子，然后撅起屁股，教他们拉屁屁。

与蓝他们醒来时，正好看到这一场景。青出站在最前面，后面的小娃娃们一个个撅起屁股，嗯嗯地叫着，最后终于拉出了一坨坨银色的小屁屁。太阳升起来后，娃娃们一个个跑向了银树，挂在了藤蔓上，对着他们唱歌。与蓝笑了，以前的青出，如果发现自己的东西被别人抢了，不知道会发多大的火呢。

他们准备扬帆起航时，满树的娃娃们都在向他们依依不舍地挥手。青出走过去，有几只娃娃跳到他手心里，哭了起来。青出手心里盛满了露水。藤上的娃娃们指着水壶，嘴里咿咿呀呀。青出会意，问他们："要把露水装在水壶里吗？"娃娃们开心地齐齐点头。

作别了娃娃，他们一路向北，此时无风，十分安静。海天一色，分不清眼前是海是天。大约安稳航行了半日，船突然剧烈地颠簸起来，原来是一条赤焰龙，正乘风破浪向他们的船急速游来!

大家奋力划船。赤焰龙越追越紧,不停地吐火。船帆已经烧着了,豆儿拔起船帆扔到了水里。赤焰龙的尾巴来回搅动着,海浪汹涌澎湃,船身上下颠簸。他们远远地看见一座小岛,于是奋力朝那座小岛划去。赤焰龙气急败坏,朝着小岛喷出火焰,却不敢靠近小岛,只在小岛附近的海域徘徊,小岛边龙吟海啸。

他们不得不在岛上盘桓数日。与前面几座岛不同,这座岛显得很拥挤,到处挤满了人,而且这些人,他们总觉得在哪里见过似的。

有一个头戴红帽子的小女孩正走过丛林,篮子里装满了面包和酒。她迎面走来,热情地招呼道:"我们格林岛要举行盛大的派对,你们也快来参加吧。"

一听说有派对,阿柿的嘴就开始流口水。他渴望地望着青出,希望青出能够同意。豆儿也在一边撺掇:"我们一路那么辛苦,是该有一场盛大的派对舒缓我们紧绷的神经了。"

青出望向与蓝,与蓝看起来也疲惫不堪,但眼光分明在说:你是船长,所以一切你说了算。于是青出点头了。阿柿喜出望外,蹦蹦跳跳地走在最前面。森林深处,盛开了各种各样的野花。戴红帽子的女孩俯身采下了一束花。青出看到，一棵大橡树下，一只大野狼正偷偷窥探。

他们继续往前走。一架南瓜马车从后面追来，一个身穿礼服的姑娘从车窗探出头："欢迎你们参加我们格林岛的盛大派对！"

这个画面好熟悉，可是青出就是想不起来。

路上出现了面包屑，前面有一个戴着破帽子的男孩拉着比他矮一头的女孩正往前走。榛树旁边，一个巫婆朝他们邪恶地笑了一下。

"到了！"戴红帽子的女孩笑着说。

他们的前面，坐落着一座金碧辉煌的用糖果做成的宫殿。屋顶是棕色的巧克力，墙是金橘糖。屋顶上铺了一层糖霜，就像覆盖了一层雪似的。阿柿恨不得直接爬上去吃个够。

门童是一个长着蓝胡子的胖大汉，虽然脸上堆着很多笑容，但是仍然掩饰不住戾气。他屈身请大家进去的样子，就好像屠夫要把牲畜赶往屠宰场。

好在皇宫里糖果满屋、宾朋满座，大家都热情地欢迎他们。他们很快就放松了警惕，投入欢乐的派对中。青出不喜欢热闹，躲在角落里，与蓝端来一盘点心，坐在青出旁边，和他闲聊。不一会儿，舞曲响起，大家纷纷走进舞池，翩翩起舞。

突然，皇宫的大门开了，那个乘坐南瓜车的女孩到了。她有一头金色的卷发，裙子像天空一样深邃美丽，裙边点缀的宝石像星星一样闪耀，她的眼睛像是皎洁的明月，她就像抖落露珠的小鸟，唤醒了白昼。

她如一条河流，穿过众人。衣着华贵的王子径直迎向她。他们手牵手，跳起舞来，女孩的天空颜色的长裙旋转开来，矢车菊般绽放了。青出的眼睛根本离不开他们。女孩似乎有些心不在焉，时不时地望着墙壁上的钟表。王子戴着面具，露出的眼睛让青出觉得十分熟悉。

时钟指向十二点！

舞蹈突然停止了，女孩甩开王子的手，开始逃跑。王子开始追，不是追向女孩，而是向青出奔来。青出下意识去抓与蓝的手，可是与蓝、阿柿和豆儿一下子都不见了。

舞厅里静得吓人。钟表一动不动地赖在了十二点！

青出双腿哆嗦个不停，用手捂着耳朵，恐惧地尖叫起来。王子单膝跪下，恭敬地匍匐在地："尊敬的午夜之王，这就是您的皇宫，我们都是您的奴仆，任您差遣。"他站起来，指着时钟，亢奋地说："您看哪，时间永远地停留在午夜十二点，夜色弥漫，正适合狂欢！午夜之王，这是独属于您的时间哪，取之不尽，用之不竭。这金碧辉煌的宫殿，这取之不尽的时间都是您的了，从此，没有任何人敢命令您，没有任何人敢打扰您。您不是一直想要自由吗？现在您可以得到完全的自由！"

青出心动了。完全的自由啊！所有的人都匍匐在他的脚下，等待着为他服务。他有点不知所措，下意识地问："与蓝，我该怎么办？"

一听到"与蓝"两个字，那个王子突然跳了起来，扯去面具，歇斯底里地叫了起来："完全的自由还让你忘不了与蓝！"

青出呆住了。这个王子正是海盗头子古木森。古木森上蹿下跳，满脸狰狞："如果你答应我，忘了与蓝，从此不再提这两个字，我就让你成为午夜之王，永享自由！"他一只脚踏在青出面前的桌子上，恶狠狠地盯着青出的眼睛："要是你敬酒不吃吃罚酒，我就把你关到地下，让你永远得不到自由！"

如果答应，就能得到永远的自由，但会失去与蓝；如果不答应，就永远没有自由了。

青出想点头，但是与蓝的脸一直在他眼前晃。他们一起聊天，一起讨论发明。他们不需要太多的话语，就能彼此理解。在幻海，在他无助的时候，支撑他的就是与蓝不离不弃的双手和信任的目光。

如果一直被关在地下，他也不害怕，他本来就不喜欢热闹，他最大的梦想就是自己住在一个屋子里，想怎么画就怎么画，想做什么就做什么，没有人管他，没有人唠叨。

于是，他站起身，尽量用平静的语气说道："我绝对不会忘了与蓝。"

古木森一脚踹倒桌子，上前揪住青出的衣领，使劲地摇着："不可能！我再给你一次机会！"当看到青出没有动摇的意思时，古木森彻底失控了。他咆哮着，尖叫着，一会儿哭，一会儿笑，见到什么摔什么，见到谁就拳打脚踢。他累了，无力地瘫在地上，满脸都是眼泪："不公平！不公平！为什么我被抛弃，而与蓝就不会被抛弃！不公平！"他望向青出，眼神空洞灰暗："来人，把他扔到地洞里。不要让我再见到他！"

青出蜷缩在完全的黑暗里。他又累又渴，一度出现了幻觉。他躺在又黑又冷的洞穴里，梦见了幻海的星辰、吉纳族的太阳、温暖的小床、妈妈的抚慰，还有漾老师的微笑。恍惚间，他听到与蓝的声音："别睡啊，别睡啊！"

他猛然惊醒，四周仍是黑暗。他掩面哭泣，泪水被黑暗吞噬。这时，他腰间的一个小瓶子闪着紫莹莹的光。他记起来了，这是露水娃娃们的泪水。他摸索着旋开盖子，只抿了一小口。他不敢多喝，因为他现在只有这么一瓶给他希望的东西。

然而，就是这么一小口，让他的心慢慢地亮堂起来。无边的黑暗依然压迫着他，但他已经想做一点儿事情了。他借着瓶子微弱的亮光，用树枝在墙壁上继续画着蓝田的故事。

就这样不知道过了多久，他还在画，一直在画。他虽然身处黑暗的洞穴，但是觉得仿佛在凌空飞翔。黑暗可以束缚他的身体，却束缚不了他的想象力，束缚不了他的心。

他闭上眼睛，脑海里不断地浮现学校的操场、教室，漾老师的笑，石头老师的吉他，红豆头上耀眼的蝴蝶结。他甚至开始怀念许久老师，虽然他怕许久老师，但他知道许久老师并不坏。他想念爸爸妈妈——想念妈妈没完没了的唠叨；想念每天早上爸爸倚在栏杆上，看着他气喘吁吁地爬楼梯，满脸笑容地对他说："儿子，你是最棒的。"

他想要回家。他蜷缩着，不住地呜咽。

哭，并不是因为黑暗，而是因为孤独。他以前喜欢一个人待着，一直想要一个人生活，最好谁都不要走进他的生活打扰他。但是现在，他感受到孤独，他想要陪伴。

他哭累了，靠着墙壁睡着了。

突然，一阵强光热烈地扑了过来，拥抱了他。青出的眼睛一阵模糊，他好久没有见过光了。他的心剧烈地颤动着，他晕了过去。

他觉得干燥的禾草像妈妈的手一样温暖，他缓缓地睁开眼，看到阳光正透过橡树叶，亲吻着他。旁边与蓝、阿柿和豆儿的脸慢慢清晰，又在眼泪中渐渐模糊。

阿柿递过来一个馒头。青出看到馒头，肚子咕噜咕噜地叫，但是他不想吃，他的嗓子干得发痛。与蓝把一片叶子合拢起来，变成了一个叶子漏斗，往他嘴里喂水。喝过水之后，他觉得舒服多了。他像刚刚顶破石头的孱弱的幼苗一般，贪婪地吸收着阳光，热切地望着同伴的脸。青出生怕一闭眼，他们都消失了，仿佛一场梦。

但是与蓝真真切切地握住了青出的手："我知道你有很多问题。你嗓子痛，不要问，我来回答你。"

"当时你盯着那个穿天空颜色的裙子跳舞的女孩，我想，她肯定是对我们施了咒语。总之，我们不能动，也发不出声音。就在这时,我们被人拉到了屋子外面,而你却浑然不觉。那些人把我们扔到了森林深处,就走了。我们又冷又饿……"

"对!幸亏我有先见之明,手里还拿着两只烤鸡,不然肯定会被饿死的。"阿柿拍着大肚子说道。他嘴角的胡子上因为粘上了太多糖,都打结了。他一说话,胡子就像麦穗似的抖动。

"得了!你自己就吃了一整只!"豆儿用树枝敲着阿柿的脑袋。

"我们沿着面包屑,想找到那座糖果屋。不过半路上遇到了一个人,你还记得吉纳族老人说过的那个长鹰吗?"说到"长鹰"两个字的时候,与蓝显得很恭敬,"他就是幻海的梦者,就是他喊出我的名字,我才从海水中诞生的。他已经很苍老了,几乎飞不动了。他的想象力已经枯竭了,几乎没有办法再命名了,没有办法创造出和人类同步的幻想朋友。他是来寻找下一任梦者的。"与蓝的眼睛突然暗淡下来:"他受了很严重的伤,我们照顾了他几天。今天早上,他终于睁开了眼睛,告诉了我们你在哪儿。"

"可是,他怎么知道我在地洞里?"

"他可是为幻海命名的梦者,能感知一切幻想的流动。"

"幻想的流动？"青出眯着眼睛，恍然大悟地一拍脑袋，"因为我在地洞里创作蓝田的故事，所以他感知到了！"

与蓝点点头，又往青出嘴里滴了几滴水。

待青出稍微恢复了，他们便搀扶着他去找长鹰。青出以前按照与蓝的描述想象过长鹰的样子，却怎么也不能把眼前的长鹰跟拥有无上命名能力的心成岛的梦者联系起来。他的身体像晒干的丝瓜，羽翼已经失去了光泽，跟他身旁的枯草混为一色；就连那鹰爪，也干瘪如枯草；只有那眼光，依然锐利，直射人心。

与蓝俯下身给他的翅膀清理伤口。长鹰极力地忍着，不吭一声。青出突然想起自己在黑暗的地洞里喝过的露水娃娃的泪水。他小心翼翼地旋开盖子，泪水还剩下半瓶，他将四分之一喂给了长鹰。

长鹰喝完，就好像干涸的泉眼里涌出了泉水，羽毛恢复了光泽，熠熠生辉："你是从哪里得到这希望之水的？"青出就把经过告诉了他。长鹰感叹道："露水娃娃只能活一天，就像露水一样短暂。但是从他们泪水中凝聚成的，却是希望之水啊！"

长鹰翅膀上的伤口很快就恢复了，脸上也现出了神采,他目光深邃地望向与蓝:"在你们来幻海之前,我已经知道你们要来了。"

"你是怎么知道的?"青出疑惑地问道。

"我是梦者啊!"长鹰的声音深沉如春天翻耕后的黑土地,"我能感知每一个人的梦境,也可以编织、栽种、修剪梦境。"他朗声笑问:"你是不是来幻海之前就知道'梦者'这个词了?这就是我种到你心里的。"

青出也奇怪,那次骗漾老师说外星人让他找到梦者,"梦者"这个词不知道怎么就出现了,就好像突然被种在心里一样。

"你只给我……"青出在寻找合适的措辞,"种了这个梦?"

"我给很多孩子都种了这个梦。梦是一种召唤。有人看到了旗帜激动不已,有人看到了风暴退缩不前,还有人看到这些都不理不睬。召唤需要响应,我的孩子。"长鹰开始咳嗽起来。青出本来还想继续问,可是他担心长鹰体力不支,就闭上了嘴巴。

长鹰突然向与蓝跪下,把与蓝吓得踉跄后退。长鹰双手捧着一个破旧的铜环,环上写着"无中生有 生生不息"八个字。他恭敬地对与蓝说道:"四百多年前,我在遗忘海,上一任梦者把这幻想之环传给我。今天我要把这环传给你。恭喜你成为新任梦者。"

与蓝怔住了。青出急了："你没搞错吧？与蓝怎么会是梦者？他只是一只普通的老鼠而已。"

长鹰眼睛望向远方，好像在回忆很久之前的事情："我的生命正在枯萎，我的想象力很快就会枯竭。我向人类世界发出了召唤，可是来幻海的人寥寥无几。人类朋友和幻想朋友能够通过考验，不离不弃的，就只有你和与蓝了。也正是你的不离不弃，与蓝将会成为下一任心成岛的梦者。"他望向与蓝，眼里闪着期盼的光。

青出慌了，嘴里又发出"吱吱"声，两条手臂不自觉地抖动起来。与蓝赶忙握住了他的手。

青出把剩下的希望之水递给长鹰，说："我把这水都给你，你喝掉，马上就喝，现在就喝，都喝光，这样你就会完全恢复，你就可以继续当梦者了。"

长鹰叹了一口气："没用的，孩子，我的生命正在枯萎，已经没有多少日子了。这水也只能暂时缓解而已。鲲从南海游向北渊，到了北渊，幻海就归为混沌，梦者衰亡。彼时，鲲在新任梦者的帮助下，化而为鹏，其翼若垂天之云，飞向南海。鹏翔于九天之际，新梦者就会拥有命名的力量，幻海将会重启，拥有新的版图与故事。死亡与重生，在同一刻。"

"就像——"青出眯起眼睛，好像在努力寻找词语，"自由和……爱。"这是他在地洞里悟到的。爸爸妈妈的爱、漾老师的爱、与蓝的爱就像在他心里拴了一根绳子，他以前常常觉得烦，但是没有了这根绳子，他要来的自由也就像一缕青烟，没有了重量。

长鹰诧异地看着青出："孩子，你真了不起。幻海就是一面镜子，每个人都可以看见真正的自己。我果然没看错，你对与蓝的不离不弃，正是与蓝能成为心成岛的梦者的重要条件。"他说着，又满脸期待地望向与蓝。

"那古木森是你派来的？是你派他来考验我们的吗？"青出生气地问。

长鹰摇摇头："我知道他一路追踪你们，我就跟着他，希望能找到你们。"他转向与蓝，再次充满期待地望着他："你愿意留下吗？"

与蓝忙缩回了目光。

阿柿和豆儿都在怂恿他留下。成为至高无上的新任梦者，那该多么荣耀啊！他们愿意和他一起留下。与蓝望望青出，又深深地望向了长鹰。青出痛苦地闭上了眼睛，等着与蓝说出那句话。

"对不起。"与蓝说。

青出的脸因为痛苦而抽搐起来。

"我决定和青出一起去往昔岛,然后一起回家。"与蓝拉住了青出的手。

"我尊重你的选择,但是你还会回到幻海的。"长鹰仍然面带微笑地注视着他,眼神苍凉而温暖。

"也许吧,但不是现在。"

往昔岛

碧海蓝天，白云美丽。豆儿情不自禁唱起歌来，阿柿也心情舒畅。只有青出和与蓝，各想各的心事。

他们的小船撞向格林岛的时候，船体已经损坏，他们只好做了个皮筏子。长鹰向幻海施展了顺风术，他们接下来的旅程都顺风顺水。一路上，他们经过了一个物产丰饶的海岛，在那里休整了几日。那里的人很奇怪，生下来是老人的样子，越长越年轻，最后就变成婴孩的模样。他们经常可以看到，一个大人管一个孩子模样的人叫"爸爸"或者"妈妈"，一个孩子模样的人轻拍着一个老头，唱着童谣。

那里的人无忧无虑，他们每天都在歌唱，从早唱到晚，遇到一点开心的事，就要把左邻右舍叫过来，一直舞到月上中天。那里的人还非常好客，给了与蓝他们很多吃的东西，又送给他们一艘真正的船。

这艘船行驶得非常快。他们一路向北，不日，就到了遗忘海。气温剧降，冻得人牙齿直打战。浅海区的海水很平静，深海区已经冻住了，所以能看到一些被冻住的奇形怪状的鱼。鱼张着嘴，好像在呼喊。

冰山浮在海面上，若隐若现。

往昔岛就在遗忘海的正中央，远远看去，是一个心形的岛屿，到处白雪皑皑、玉树琼枝，宛若仙境。

阿柿把船拴在靠岸的一棵树上，他们就跌跌跄跄地爬上了岛。地极滑，走一步就要摔一跤。阿柿折下很多树枝，大家拄着树枝，互相搀扶着。沿途的树上结满了雾凇，晶莹剔透，非常美丽。

好不容易穿越了树林，他们终于看见了人影。一排一排的冰屋，恍若仙境。这里有形形色色的居民：大眼睛的娃娃、坏了一条腿的长颈鹿、掉了漆的锡兵、断了鼻子的大象、小飞龙……

他们互不往来，神情也是冷冷的，一副拒人于千里之外的模样。

"请问，你认识许久吗？"大家分头去问，可是半天下来都一无所获。

大家商量了一阵，决定暂且住下。他们造了一间冰屋，睡在冰床上，起先还不习惯，冷得挤在一块儿还瑟瑟发抖，后来也就渐渐习惯了。

他们的邻居是个瞎了一只眼睛的木偶：浅棕色的头发，腿上的油漆斑斑点点的，已脱落大半。每到晚上，他们就听到他的木头脚在雪地里发出咯吱咯吱的声音。

狂风呼啸，大雪纷飞。

每天天不亮，他们就动身寻找。十几天过去了，他们几乎问遍了，可是谁也不认识许久。

"也许许久老师小时候和现在一样古板,他根本没有什么幻想朋友。"青出说。

"看来,我们这次是竹篮打水一场空了。希望沿途不要再遇到海盗,我想平安回家,把这一路的故事带回去讲给别人听,到时候蓝田学院到处都会传唱着我的英勇事迹!"阿柿拍拍肚子说,陶醉在自己受人崇拜的幻想中。

"石头老师说过,每个大人曾经都是孩子。许久老师应该也不例外。"与蓝说,"也许……"

"也许他们忘了,他们忘了过去的事。"豆儿抢着说。

与蓝拍了一下手,说:"豆儿说得对!也许他们忘了,就像被冻住了一样。那我们要做的就是……"与蓝又陷入了沉思。

"给他们加点热!"阿柿跳了起来。

"对,融化他们,唤醒记忆!你越来越聪明了!"与蓝笑着说。

"我去找柴火,把他们架起来烤!"阿柿说。

"不是用火!"与蓝无奈地笑道,"得用故事。这还得感谢古木森啊!"

青出成了讲故事的人。他讲起自己小时候的事,讲起了与蓝的事。刚开始，只有一个听众——掉了漆的锡兵。锡兵听着听着，居然笑了呢！

"上一次笑是很久以前了吧？"一个模糊的影像在锡兵眼前晃啊晃，"对！也是这个年龄的一个小男孩，有着细而软的头发、大而亮的眼睛，自己被握在他的手心里，到哪里都被他抱着……"

锡兵又是笑又是哭。

第二天，来了很多听众：断了鼻子的大象、瞎了眼的猫、时髦的狐狸……这次青出讲起他给与蓝洗澡的故事，讲到他们把洗澡盆当成海盗船，与蓝扮成独眼海盗，大战巨人海怪。断了鼻子的大象跌坐在冰上，叹息道："我想起来了，我的名字叫小宙。我的小女孩叫小宇。那时，我们最喜欢玩的是喷水游戏。有一次，她把一袋子草莓都倒进锅里煮，用草莓水把自己全身都涂红。我就吸了一鼻子水，准备给她洗澡，结果把房间都喷成了红色。这时，她妈妈来了，气急败坏地把她抓到卫生间。唉，我们一起度过了一段多么美妙的时光……"

到后来，青出他们的房间里挤满了人，连房顶上也坐满了。他们轮流讲，要知道，在海盗船的牢房里，他们可是把各自的故事讲过了好几遍呢。

为了让听众更身临其境,他们还会演一幕小小的情景剧。每次听完故事,听众们的眼睛里都会噙满泪水。

"我叫三木。我住在一个开满樱花的山谷里。春天来了,一个叫森的小女孩就会在樱花树下写明信片:'北海的鲸鱼,春天来了,你好吗?'写完后,她就会叫:'三木,三木,世界上跑得最快的邮差,快来帮我送明信片哟。'我就把明信片绑在我的脖子上,嘚嘚嘚地跑去了。我踏着海浪,不停地跑啊跑啊。在月上中天的夜晚,就跑到鲸鱼那儿,把森的明信片送给鲸鱼。鲸鱼也马上写了一张明信片,上面画着海里的春天——珊瑚争奇斗艳,海带葱茏繁盛,还写着一行问候语:'樱花树下的森,春天来了,你好吗?'告别鲸鱼,我又嘚嘚嘚地跑了回去。就这样来来回回,有一天,我的脚终于跑断了……"三条腿的长颈鹿幽幽地说。

"我叫杜鹃。我的朋友叫秀秀。秀秀家里很穷,她的妈妈很早就去世了。她每天天不亮就要起来挑水、做饭,做完饭还要洗衣服、下地干活。没有人跟她说话。我破了一只眼睛,她还用裤子上的扣子给我做了眼睛。我很破,一直都很破,但秀秀一点儿也不嫌弃我。每天下地时,我就坐在她肩头,看白鹭飞到稻田里,'点破秧针绿'……秀秀后来长大了,她总是很晚才回来。有一天，我看见她和一个男孩子走在一起……后来，我就被忘了。"

"你是怎么被送到幻海的？"与蓝问道。

"被遗忘了之后，好像有一股力量牵着我，我就通过了一扇门，然后被送到了船上。押送我们的人，黑衣黑帽，带着我们一路航行。每一天，他们都会给我们喝一种灰色的水。每喝一口，我们就忘记一点儿。"杜鹃艰难地回忆着。

"就是这样！"长颈鹿也插嘴道，"到了往昔岛，我们就什么都忘了。忘了之后，就觉得很空、很冷……"长颈鹿冻得直哆嗦，眼睛里流出了眼泪："然后心里就一下子结了冰……结了冰，我就什么都不知道了。我不知道自己是谁，不知道每天要做什么……"

"比死亡更可怕的就是遗忘。"与蓝心里想。

他们还是没有找到许久老师的朋友。

往昔岛所有的居民都来听故事了吗？

好像是的。他们一遍一遍地来听，不厌其烦，听的是青出和与蓝的故事，心里想的却是自己的故事。

哎，不对，好像还有一位没有来听过！

是……

哎，就是他们的邻居——瞎了一只眼睛的木偶！

与蓝一拍脑袋,想起来了——

这个木偶独来独往惯了,他眼神不好,好像耳朵也不太好,而且他还总是喜欢在夜晚活动。

这天晚上,青出和与蓝去敲木偶家的门。

"您好,我可以给您讲一个故事吗?"青出问。

"鼓吃?你说什么鼓吃?"他一脸惶惑的样子。

青出都想放弃了,与蓝拉住了他。青出鼓起勇气,说道:"我是青出。我有一个朋友,叫与蓝……"

"什么,你们颈椎不好?"木偶一边敲着自己的木腿一边说,"我腿也不好。"

"你们颈椎不好?我腿也不好。"房顶上,一只黑色的鹦鹉假声假气地复述道。

青出叹了口气,又调整语气继续讲道:"与蓝是我最好的朋友,不过别人却不知道。与蓝是一只发明鼠。他很厉害,会发明很多很多东西。他被蓝田学院录取了,在那里他认识了很多朋友……"

木偶打起了瞌睡,头碰到肩膀上发出吱呀吱呀的声响。外面狂风呼啸……

青出也不管了,他喜欢讲他和与蓝的故事,他只是讲下去……

木偶睡着了。

青出和与蓝把他扶到床上。

青出叹了一口气,说:"唉,明天还是回家吧。"

突然,那只黑鹦鹉扑棱棱地飞到他肩上,叫道:"与蓝真幸福。我以前也有一个朋友,他叫许久。你们一说啊,我就想起我的小许久了。"

归来

外面的天空亮得出奇。

"醒了，醒了！"

青出睁开眼睛，发现爸爸妈妈都在望着自己。他揉揉眼睛，看到天居然已经亮了，哭道："是早上吗？我一觉就睡到早上了吗？"

妈妈大笑起来："这傻孩子，这可不就是早上吗？"

青出哭得越发厉害了："不行，不行，不要早上，不要早上！"

爸爸瞪了妈妈一眼，说："你别老逗他。不是早上，不是早上。"他拿起青出桌子上的画，塞到书包里："这还是下午。"

青出一听越发迷糊了："不是晚上吗？我们还在举行篝火晚会呢！"

"怎么会是晚上？刚才老师打电话，让我们过来谈话。我们跟许久老师谈过，就赶过来找你了。"

"我都出去几个月了！"青出不可置信地望着爸爸妈妈。一只苍蝇落在青出的桌子旁，正满意地搓着脚丫子。外面的太阳明晃晃的，照着教室外的湖，湖面一荡一荡地漾着金波。这一切青出觉得既熟悉又陌生。

"奇怪呀！自己明明在幻海待了几个月，遇到了随波逐流的吉纳族人，遭遇暴风雨后被困在孤岛上，遇到幻海海盗和恶龙并侥幸死里逃生，穿越遗忘海终于到了往昔岛，在几乎要放弃的时候才找到黑鹦鹉……发生了这么多事，怎么可能才过去一会儿？"

爸爸拉着还在犯迷糊的青出，妈妈拿着青出的书包，说："青出，你怎么这么困？肯定是晚上睡得太少了。回去好好规划一下晚上的时间。九点前必须睡觉。许久老师说了，不能养老鼠，也不能让你再画画了。哎，你的老鼠呢？你什么时候养的老鼠？"

"怎么只有我一个人在这里？与蓝、阿柿、豆儿，还有黑鹦鹉呢？从往昔岛回来，用了三个月，中间也历尽千难万险。然后……对了！他们回到蓝田学院的时候，整个学校都沸腾起来……"

青出越想越懊恼，他在心里骂着自己"猪脑子"，使劲拍着自己的头，好像一拍就能想起来似的。"与蓝呢？他走了吗？还是自己把他弄丢了？与蓝对自己多好啊！只有他才会不怕危险，陪着自己去幻海。要不是与蓝，自己在往昔岛早就放弃了……"

青出像木偶一样回家、吃饭、梳洗、上床，一言不发。爸爸妈妈都吓坏了，以为他得了"癔症"。跟许久老师谈话后，他们气急败坏，原本准备跟青出严肃地聊一聊，这下又不敢了，怕刺激到他。他们给青出盖好被子，忧心忡忡地离开了房间。

青出在床上辗转反侧。

翻过来，翻过去——与蓝会不会认为自己抛弃了他们？

翻过去，翻过来——与蓝会不会出了什么事情？他们会不会被幻海海盗劫走了？

嘀嗒嘀嗒……

"青出！青出！"

与蓝！是与蓝的声音！青出一屁股坐起来，打开灯。声音是从书包里传出来的。青出赶紧跑过去，拉开拉链，果然是与蓝。

"你去哪里了？你是不是被海盗抢劫了？我还想着去救你呢！你怎么会在我的书包里？是不是我们还在学校的时候，你就在了？在书包里闷不闷啊？"青出问个不停。

"别急，别急，"与蓝笑起来，"书包里还有一个客人，你不请出来？"

"还有客人？是谁？"与蓝等不及要看了，"肯定是阿柿！"

"不是不是，猜不对我不出来！"书包里的声音说。

"是豆儿？不对，豆儿的声音很好听。那是谁呢？"

"你居然连我的声音都听不出?"书包里扑棱棱飞出一只黑鹦鹉,落到青出头上,双脚对着青出的头发一阵乱搓,"回来时,我可是给你们唱了一路的歌!"鹦鹉还觉得气不过,对着青出的鼻子啄了两下。

不提唱歌还好,一提唱歌,青出和与蓝都起了一身鸡皮疙瘩。你想想,一只歌词都唱对了,但全不在调上,又充满激情的鹦鹉,天天给你唱歌,那是一种什么样的体验?最后,还是豆儿忍不住了,对黑鹦鹉说道:"谢谢你一路用歌声陪伴我们。从此以后,我再也不想听歌了。"鹦鹉颇为得意地唱道:"看过大海的人,再也瞧不上小溪。我的小许久说过,听过黑鹦鹉歌唱,便再也无法忍受其他人的歌声。"

"你的那个老许久唱歌也走调。正所谓'不是一家人,不进一家门'。"

"在书包里可把我憋坏了,快带我上厕所!"黑鹦鹉叫道。

"啊?我爸爸妈妈还在客厅看电视……要不,你先钻到我睡衣帽子里。你可千万不能出声,记住。"青出把鹦鹉塞到睡衣帽子里,然后把帽子戴到头上。他还是不放心,又小声叮嘱鹦鹉几句。

"青出,为什么在家戴着帽子?"妈妈窝在沙发上,像看怪物那样看着他。

"我……我冷。"青出拿眼觑了一下,爸爸正在专心地看球赛。

"伟大的左后卫!在这一刻他不是一个人在战斗,他不是一个人!"

电视里的足球解说员正在慷慨激昂地评论着。爸爸激动得都要跳起来了。

"他不是一个人在战斗,他不是一个人在战斗!"黑鹦鹉突然激动地叫道。

"进球!进球!"爸爸大叫道。幸亏球赛激烈,爸爸妈妈看得太专心了,没有听到。

"进球!进球!"黑鹦鹉扯着嗓子叫道。

青出吓了一跳,赶紧捂住帽子,想要溜进卫生间。只剩一步了!

"站住!青出!"

青出吓得浑身直哆嗦。

爸爸瞪着他,很严肃地说:"青出,不要扯着嗓子乱学鹦鹉叫!"

青出松了一口气,忙关上卫生间的门,正在这时,一股温热的液体从他的头上淋下,带着奇怪的味道。

天!真恨不得把这只讨厌的邋遢的黑鹦鹉扔出门外!

帮鹦鹉清洗后,青出也洗了个澡,这才溜进卧室。听了青出刚刚的经历,与蓝笑得都直不起身子了。幸亏爸爸在看球赛,电视声音开得大,否则肯定听见他们的谈话了。看来,有一个爱看球赛的爸爸,也不一定是坏事。

与蓝坐在青出的书桌上,正津津有味地吃着纸片。这一看不打紧,青出被吓了一跳:那可是自己辛辛苦苦写的作业啊!

想想吧,明天老师问:"青出,你的家庭作业呢?"

"被我的老鼠吃掉了!"这句真话肯定会被大家当成谎话,然后被传成笑话的!

青出一把抢过作业本,还好,只吃了一半的口算作业。与蓝舔了舔嘴,一副意犹未尽的样子:"真可惜,数字纸真是太美味了。"

"快说,为什么我一个人回来了?"青出问。

"你在篝火晚会上喝了一种我发明的饮料,昏睡了好几天,我们就把你送回来了。"与蓝不好意思地挠挠头,"不好意思啊,即使是最伟大的发明家,有时候也会失败。"

他们就这样说说笑笑到很晚。想起这次幻海的重重艰险,青出比任何时候都贪恋这温暖的床。与蓝头枕在双手上，跷着二郎腿，可是一闭上眼睛，就想起了长鹰。

归航一路还算平稳。他们虽然遭到了海盗的追击，但是在关键时刻，长鹰救了他们，又一路护航，一直把他们送到手岛。

"与蓝，你还记得委蛇吗？"青出问。

"幻海守卫者？我当然记得。"

"他们问过我一个问题——自由是什么。我回答说，自由就是想做什么就做什么。我说完，那个丑陋如蟾的头突然大笑起来。我以前觉得爸爸妈妈总管我，老师也管我，他们像根绳子似的拴住了我，让我不自由。可是在幻海历尽艰险的时候，我突然很想念他们，想念拴我的绳子。"

"你的话让我想起幻海古歌的一句话：爱是自由的双翼。青出，控制是自由的绳子，爱是自由的翅膀。"

与蓝想起自己在心成岛温煦的夜风里，猪婆龙打着节奏，教他们唱歌的情景……突然，他又想起了长鹰殷切的目光。长鹰，幻海至高无上的梦者，他是自由的吗？

许久不见

许久老师拿着纸条看了半天。

亲爱的小许久：
你还好吗？我都等不及要见你了。

你最想念的：不见

天！这纸条上还有一坨屎屎，肯定是哪个孩子搞的恶作剧。许久老师随手把纸条扔进了垃圾桶里。他转身把外套挂在衣架上。

他对着镜子，梳理了刚刚翘起来的头发，整了整自己笔挺的衣领。这样做时，他还在想恶作剧的孩子会是谁。有可能是三年级的球球，这个孩子平常淘气得很，家里养着一只大蜥蜴。不过蜥蜴的屎屎不是这个颜色的。也有可能是二年级的方方，这个女孩子平常最喜欢捉弄人。或者是一年级的……他认为自己像一台储存了所有学生信息的计算机，对每个学生都了如指掌，所以在长长的一串名单里，他很快就锁定了五个人，准备对这五个人展开细致的调查。

他坐到办公桌旁，给自己倒了一杯茶，抿了一小口，咂两下嘴，茶滴到了衬衫上。他开始坐立不安，立刻去衣柜，准备再找一件衬衫换上。许久老师的衣柜里，通常会放有五件衬衫、五套运动服、五双鞋。他对自己每天的着装要求极为严格。所以有时候看到孩子们没有穿校服，或者校服搭配错了，他都会停下来进行严肃的谈话。"礼仪造就一个人。"他常常这么说。

他打开衣柜——哦，天哪！一只鹦鹉——一只魔鬼一样黑的丑鹦鹉，正倒挂在他雪白的、一尘不染的衬衫上。

他完全震惊了！哪个孩子居然做出这样的恶作剧！马上调监控！

黑鹦鹉也震惊了，他张大了嘴巴：这是他的小许久？那个头发稀稀黄黄的小许久？那个小脸圆嘟嘟，走起路来像安了弹簧的小许久？

许久老师居然一把抓住了他，还把他扔到了地上！

黑鹦鹉扑棱着翅膀，直直地向许久老师的头上飞去。他像跳探戈一样，不一会儿许久老师的头就成了新翻的麦秸垛。

他还给许久老师留了一坨珍贵的礼物——新鲜的屎屎！

许久老师愣住了，黑鹦鹉就从窗户飞走了。

黑鹦鹉气鼓鼓的，一天没说话，无论与蓝和青出怎么劝，都没用。

"我永远不要见那个老许久。他已经不是我的小许久了。"黑鹦鹉边说边又吃了一个三明治。在这之前,他已经吃了三盒饼干、四块巧克力、五个甜筒、六个三明治了。他越生气就越想吃东西。

谁料第二天一早,黑鹦鹉信心满满地说:"我决定再去试试。"

这次的运气也没好多少。

黑鹦鹉精心写好了一张纸条,小心翼翼地放在了许久老师一进门就能看到的位置,满怀期待地等待着。

已经变成了老许久的小许久:

我是你的黑鹦鹉——不见。我们一起度过了很多美好的时光。你妈妈总是不允许你到沙坑里玩,怕你弄脏衣服,我们就一起凭空画画。有一次你想溜出去玩,就把枕头塞到被窝里,让我睡到你床上。你妈妈叫你起床,我就学着你说话。结果你妈妈发现了,让你三天不准出门。你还记得我们的美好时光吗?

你曾经的朋友:不见

没想到许久老师一进门,就露出了嫌恶的表情,捂住了鼻子:"用纸包了一坨屁屁,谁搞的恶作剧!"他抽出一沓纸巾,把屁屁连同纸条一起包住,捡起来扔进了垃圾桶,又洗了五遍手。

可恶!

黑鹦鹉怒发冲冠,飞到许久老师的头上,又是一番蹂躏。许久老师瞬间被"烫"了一个时尚的爆炸头。

"再也不去了!"黑鹦鹉呜咽着。一半是因为难过,另一半是因为正吃着甜筒。这天晚上,他已经吃了一盒饼干,喝了两杯果汁,吞了三个三明治、四个苹果、五个草莓派,舔完了六个甜筒。"只有甜蜜的味道才能让我的心情好些。我想,我真的是受伤了。"他说着,又舔了一口甜筒。

"这是最后一次!这是最后一次机会,我发誓。"第二天早上,他这样说。

"我也的确太粗鲁了。"他说,"过了好多好多年了吧,所以小许久才会变成这样。他长大了,就会忘记小时候的事。我不是也忘了吗?也许,我应该给他讲一个故事。故事会让我们知道我们是谁。"

黑鹦鹉想:这一次,一定不要生气,不要冲动。

许久老师进门时,战战兢兢,他先是看了看捡到"礼物"的地方……没有!他又环视了四周……没有!衣柜……也没有!

他终于安下心来,整理衣领,泡了一杯茶,坐在办公桌前。

突然他听到一阵歌声:

你是许久,
我是不见。
我们曾经是最好的朋友。
我们度过了最难忘的时光。
我们飞檐走壁,
我们沙漠探险。
时光匆匆流走,
那些和你一样的同学,
成了你最好的玩伴。
许久已经长大了,
你把不见
永远
留在了过去。
许久——不见——

许久老师起先以为这又是恶作剧,可是听着听着,好像有一扇门"吱呀"一声开了,一束光照进了他的心里。他想起来了,想起来了!那时,他浑身都是泥,陪伴他的是一只黑鹦鹉。后来一段时间,他生病了,天天在床上养病,是黑鹦鹉陪伴他闯荡天涯……

是从什么时候开始的呢?他慢慢把黑鹦鹉忘了,然后他就长大了。

他忘了黑鹦鹉,也忘记了自己曾经是一个孩子。

黑鹦鹉从衣架上的黑帽子里钻出来,飞到了许久老师的头上。他跳起舞来,就像许久老师还是小许久时那样。许久老师又被"烫"了一个时尚的发型。

不过这一次,许久老师没有勃然大怒。

他把黑鹦鹉搂在胸前。

雪白的衬衣上留下了黑色的斑点。

尾声

漾老师刚刚开过会议。在会议上，就青出的问题，老师们展开了激烈的讨论。会议持续了整整两个小时。最终许久老师说服了大家。关于青出，他们达成了一个新的共识。漾老师回到教室，阳光透过窗户照过来，墙上出现了一道彩虹，幽幽地晃着，晃进她的心里。

孩子们潮水一样涌进教室，准备上课了。漾老师把青出叫出教室。她握着青出的手，青出的手很温暖。

"青出，我想跟你商量件事儿。我们刚才开了一个会，学校同意你在学校画画，也会和你的爸爸妈妈商量，合理安排你的时间，让你在家里也有一段时间可以画画。不过……"漾老师想着措辞，她不知道后面的话讲出来，青出会有什么反应。

青出笑了，眯起眼睛："不过得有条件，对吗？"

漾老师的眼镜滑了下来，她吃惊地望着青出："是的。条件是你每天必须至少有一次课间出去晒晒太阳，和同学们玩一玩。而且……"漾老师观察着青出的表情，继续说道："在课堂上，你要专心听讲。"

青出噘了噘嘴："让我考虑一下。"青出皱着眉头，仔细地思考了好一阵子，抬起头说："老师，我会尽量做到。但有时候，我还是会控制不住自己。"

漾老师伸出手指和青出拉钩："老师相信你。"

青出向教室跑去,两只手不协调地挥舞着,他想马上告诉还躲在篮子里的与蓝:"与蓝,我终于可以继续画你的故事了!"